Roswitha Quadflieg

Ihr wart doch meine Feinde

Roman

Faber & Faber

In allen Dingen muss ein Geheimnis bleiben,
das uns zum Sehen bringt.
Was wir verstanden haben, ist verloren.

Lukas Bärfuss

Ich weiß ungefähr was ich tue,
was ich bin weiß ich gar nicht.

Samuel Beckett

Teil 1

Am runden Tisch

Gerade setzt die Katze zum Sprung an, um sich über die auf dem runden Tisch so verführerisch duftenden Lachsbrötchen herzumachen, da betritt der erste Trauergast die Stube. Fauchend flieht das gefleckte Tier zur Tür hinaus.

Ohne der Toten eine Blume in die Grube nachgeworfen zu haben, hat dieser junge Mann den *Alten Friedhof* verlassen und ist den anderen in den *Goldenen Adler* vorausgeeilt. Vom Wirt zu einer der Stuben im hinteren Teil des Gasthofs gewiesen, steht er jetzt da, plötzlich nicht mehr sicher, ob der Entschluss, hierherzukommen, wirklich klug ist. Spontan gefasst in dem Augenblick, als er den Namen des Gasthofs auf dem kleinen Zettel las, den der Lebensgefährte der Verstorbenen der Frau eine Bankreihe vor ihm zusteckte, und welchen diese, um ihn im trüben Licht der Kapelle lesen zu können, dicht vor ihre dicken Brillengläser gehalten hatte. Nur noch wenige Minuten, dann werden auch die anderen eintreffen. Der junge Mann zögert, beschließt dann aber zu bleiben, und stellt sich, um nicht gleich gesehen zu werden – was unweigerlich Aufsehen erregen würde –, halb verdeckt von dem weit geöffneten Türflügel dicht an die Wand.

Eine sonderbar hergerichtete Stube. Einzig ein großer runder Tisch, umstellt von zehn dunkelrot gepolsterten Stühlen, prangt in der Mitte, weiß gedeckt. Darauf ein mächtiges Silbertablett mit belegten Brötchen. Die schützend über sie gebreitete Folie schimmert silbrig im schräg einfallenden Sonnenlicht. Um einen einigermaßen appetitlichen Zugriff zu gewährleisten, liegen blau-rot karierte Papierservietten bereit. Weiteres Mobiliar, mit dem der Raum normalerweise bestückt sein mochte, ist in einer Ecke gestapelt. In den vier Fenstern bemerkt der junge Mann violette Plastikblumen.

Schon als Kind war ihm jede Künstlichkeit zuwider und nicht selten Anlass für kleine Streitereien zwischen ihm und seiner Mutter. In Ermangelung echter Früchte pflegte sie, wenn Besuch kam, den Tisch mit einer Schale Plastikobst zu dekorieren. Wie peinlich ihm das war! Und ausgerechnet diese Schale erkor die Staatssicherheit, um Verunsicherung ins Gemüt seiner Mutter zu schleusen, die sich steigerte und schließlich die vollkommene Zerrüttung ihres Geistes besiegelte. Bei heimlichen »Objekt-Erkundungen« treffsicher als Spleen der Bewohnerin ausgespäht und unter dem Bett des Sohnes versteckt, riss sie eine tiefe Wunde in das familiäre Vertrauensverhältnis. Warum?, hatte seine Mutter ihn immer wieder angebrüllt, als der vermisste Gegenstand zufällig beim Putzen wieder zum Vorschein kam. Seine Unschuldsbeteuerungen prallten von ihr ab, und eines Tages hörte er sie zu einer Freundin sagen: Der Junge lügt jetzt.

Mit großen Schritten eilt Hans Gerechter auf das schwere Eichenportal des *Goldenen Adlers* zu. Getroffen von den letzten Strahlen der untergehenden Oktobersonne blinkt ihm der bronzene Vogel über dem gemauerten Sims entgegen. Unangenehm grell. Alles, was jetzt kommt, will Hans so schnell wie möglich hinter sich bringen. Er hört seine Füße im Laub rascheln, von hinten dringen geflüsterte Satzfetzen an sein Ohr. »Bin gespannt ...«, »Nein, auf gar keinen Fall ...«, »Abwarten!« Viel mehr Leute, als die, mit denen er gerechnet hatte, sind zu Gabrieles Beerdigung gekommen und begeben sich jetzt ganz offensichtlich nicht nach Hause, obwohl er jedem am Grab extra noch einmal die Hand gab. Woher wissen sie von der Zusammenkunft im Gasthaus? Lediglich acht Zettel hat er in der Kapelle verteilt, an die, die auch die Todesanzeige von ihm bekamen. Wobei ihm – weil er lediglich zwei dieser acht Personen kennt – beim Verteilen nichts anderes übrigblieb, als sechs Namen leise in die vollbesetzten Bankreihen zu rufen. Offensichtlich sind so einige mehr auf *einen Happen im Anschluss* aufmerksam geworden. Der Pfarrer, Konrad Mantel, läuft neben ihm. Beim Verlassen des Friedhofs hat er ihn eingeladen, weil er meint, es gehörte sich so.

Acht Namen! Alle anderen schwärzte seine Lebensgefährtin Gabriele Holm im Lauf der letzten Wochen in ihrem zerfledderten Adressbuch. Eine ziemlich kuriose Vorgehensweise, wie Hans fand, aber es war schließlich ihr Adressbuch und nicht mehr die Zeit, ihr noch Fragen zu stellen, oder sie von irgendetwas abbringen zu wollen. Nur diese Acht, keinen mehr, wolle sie – weder von oben noch von unten – an ihrem Grab sehen, hatte sie ihm erklärt. Es sei ja durchaus offen, welcher Ort nach dem Tod für sie bestimmt war. Viele Jahre sei sie Mitglied einer Organisation gewesen, von der niemand sicher sagen könne, wie eine Ewigkeit – wenn es diese denn gab – sie einstmals bewerten werde. Und auch wenn Hans nicht annähernd verstand, was sie meinte – er tippte in Richtung Sekte –, erfüllte er ihren Wunsch. Und sich einen eigenen, ein christliches Begräbnis. Das war zwischen ihnen nie Thema gewesen, und er würde, falls ihn jemand darauf ansprach, guten Gewissens behaupten, sie habe es nicht abgelehnt. Inständig hofft er, sie werde ihm verzeihen. Auch dass ihretwegen jetzt so Viele unbefugt in den *Goldenen Adler* schwärmen.

Vor vier Jahren lernte er Gabriele Holm auf einer Gartenparty bei seinen »Ost-Freunden« kennen. Diese sich neben Grill und provisorisch errichteter Biertheke, unter bunten Fähnchen und Luftballons, im Rhythmus ihres Akkordeons wiegende und dabei lautstark singenden Frau, mit einem Gesichtsausdruck, wie er ihn noch nie gesehen hatte. So offen, so hoffnungsfroh, so verlassen und verstört. Schon bald wurde sie seine Gefährtin und zog vom Prenzlauer Berg zu ihm nach Bernau, in die kleine Datsche neben der Holzwerkstatt, in der er Möbelstücke baut und Dies und Das repariert. Sein »Anwesen«, wie er die kurz nach dem Mauerfall und etwa drei Jahre nach dem Tod seiner Frau erworbene Kleingarten-Parzelle nennt. Zunächst begegnete man dem Wessi mit Argwohn, der deutlich abflaute, als Gabi dazukam. Dass sie fünf Jahre älter war als er, störte hier niemand. Allerdings verblieb ihnen nur kurze Zeit, bis die Diagnose einschlug, und der Krebs in Windeseile sein Werk verrichtete. Zu kurz, um mehr über die Vergangenheit seiner Partnerin zu erfahren als das, was sie ihm häppchenweise preisgab. Sie wurde nur einundsechzig Jahre alt.

Beim Schreiben der Namen auf die Briefumschläge fragte sich Hans, wer diese Menschen wohl sind, und in welchem Verhältnis sie zu Gabi standen. Außer Claudia Schütz, der Cousine, und Isabell v. Hohenstein, einer Verlegerin aus Frankfurt, hatte sich keiner von denen zu Gabis Lebzeiten blicken lassen. Von ihrer alten Mutter Frida, jetzt im Rollstuhl hinter ihm im Anmarsch, war höchstens ein-, zweimal die Rede gewesen. Hans hatte lediglich erfahren, dass sie, inzwischen hochbetagt, in Schwerin lebt. Das sei die Tragik ihres Lebens, hatte Gabi einmal formuliert: Als sie die Mutter brauchte, war sie nicht da, und dann sei sie erwachsen gewesen – und da war es zu spät. Als er Gabi kennenlernte und bis zum Ausbruch ihrer Krankheit, arbeitete sie als Hilfskraft in einer Anwaltskanzlei. Einer ihrer ehemaligen Kollegen hatte sich am Grab höflich vorgestellt, Steffen Baum, und Hans erinnerte sich daran, diesen Namen auf einen der acht Briefumschläge geschrieben zu haben. Ein auffallend sorgfältig gekämmter, freundlicher Mensch. Etwa sein Alter.

Hans wagt nicht, sich umzudrehen. Er schwitzt, sein schütteres weißblondes Haar klebt am Kopf. Was wollten diese vielen Leute? Eine Bewirtung steht – ihn selbst und den Pfarrer eingerechnet – für lediglich zehn Personen bereit. Aber er kann niemandem den Zutritt verwehren.

Ich bin machtlos, Gabi, kommt es tonlos über seine Lippen.

Der Gastwirt bringt ihn zur hergerichteten Stube, einer sei schon da. Hans stutzt. »Dürfen die alle rein?«, hört er den Wirt fragen. Er zuckt mit den Schultern. »Verstehe«, meint der Wirt, »soll ich nachlegen?« – »Ich denke, die bleiben nicht lange.«

Die Menschen drängen herein. Einige zögerlich, nach Haken für ihre Mäntel suchend. Zurück zur Garderobe vorn am Eingang zu gehen, traut sich niemand, in Sorge, den glücklich ergatterten Stehplatz zu verlieren. Die Geladenen nehmen Platz am runden Tisch, wobei ihnen die Anzahl der unter der Folie harrenden Brötchen, gemessen an den vielen Augenpaaren, die jetzt begehrlich darüber hingleiten, lächerlich vorkommt. Das weiß doch jeder, dass Beerdigungen hungrig machen, so als sauge der oder die da unten im Sarg an den Lebenskräften der Trauernden. Ulf Mantel, der Pfarrer, seufzt. Sein Umfang verrät, dass er gerne und viel isst.

Zuletzt, mit beträchtlichem Abstand zu den anderen, rollt Mutter Holm in die Gaststube, von ihrer Nichte Claudia schnaufend über die Schwelle gewuchtet, und erobert für sich und ihr Gefährt einen Platz am Tisch, wobei sie Claudia anweist, einen der noch freien Stühle wegzurücken und ihre spitzen Knie in die steif gemangelte Tischdecke bohrt. Claudia wählt den Platz links von ihr. Bevor sie sich setzt, hängt sie ihren schwarzen Regenmantel über die Stuhllehne. Hans stellt sich neben sie. Seine klobigen Hände ruhen auf der Lehne des einzigen jetzt noch freien Stuhls. Ein Blick in die Runde. Die Frau links neben ihm, Mitte fünfzig, korpulent, streng gescheiteltes, schwarz gefärbtes Haar, hauchte ein »Christa Werne« – »Freut mich«, sagt Hans und registriert dabei das Gesicht des Mannes neben ihr, wahrscheinlich ein paar Jahre älter als er selbst. Er kennt dieses Gesicht, aber es fällt ihm nicht ein, woher. Daneben eine Frau mit grell rot geschminkten Lippen und auffallend dicker Brille. Schwarzes Gestell. Ihr zur Linken hat die Verlegerin, Isabell v. Hohenstein, Platz genommen. Es mag sechs Monate her sein, dass sie auftauchte, und Gabi den Floh ins Ohr setzte, ihre Memoiren zu schreiben. Nie ist Hans schlau aus dieser Frau geworden. Jetzt hofft er, dass sie ihr abstruses Vorhaben gemeinsam mit Gabi begraben hat. Allein wie sie da in ihrem Pelzmantel thront! Ihr blondes Haar nicht wie sonst zu einem Zopf gebändigt, sondern offen über beide Schultern gleitend. Völlig unpassend für eine Beerdigung! Neben ihr Konrad Mantel. An der Frau zu dessen linker Seite bleibt Hans' Blick einen Moment länger hängen. Sehr blass, sein Alter. Sie scheint nervös zu sein. Was hat sie vor, will sie eine Rede halten? Von dem Platz neben ihr – und damit schließt sich der Kreis – blickt ihm Gabis freundlicher Arbeitskollege Steffen Baum entgegen. Eigentlich wollte Hans an jeden am Tisch ein persönliches Wort richten und um eine kurze Vorstellung bitten, doch die Überzahl der Ungeladenen, die in der Stube herumlungern, verunsichern ihn. Leicht vorgebeugt steht er da, in seinem schwarzen Anzug, der, wie jeder sehen kann, ohne kritische Begutachtung oder gar »Auffrischung« aus dem Schrank gegriffen wurde. Auf seinen abgetragenen Mantel hat er von vornherein verzichtet, im Wetterbericht wurde ein trockener Herbsttag vorausgesagt. Es beruhigt ihn, Claudia neben sich zu spüren. Eine Frau, ihm intellektuell weit überlegen, aber ohne Vorbehalte gegenüber seinem Wesen. Sie wird ihm ganz sicher bei allem, was jetzt auf ihn zukommt, eine Stütze sein.

Für einen Moment wird es ganz still. Einige der Stehenden nicken sich zu – eine wortlose Rückversicherung –, der Kreis ist geschlossen, die Stellung eingenommen. Einer von ihnen setzt sich frech auf den von Claudia beiseite gerückten Stuhl.

Hans spürt, dass jetzt dringend eine Begrüßung Aller geboten wäre, doch in diesem Moment steuert der Wirt in die Stube, ein Tablett mit gefüllten Sektgläsern balancierend – sie klirren, so eng sind sie gestellt –, bahnt sich einen Weg durch die Menge und umrundet den Tisch. Zehn Hände greifen zu, erst danach gibt er den Rest der Gläser für die Umstehenden frei. Er verschwindet, die Gesellschaft verharrt geduldig, weil jeder sicher ist, dass er zurückkehren und die noch Darbenden versorgen wird. Endlich hält Jeder ein Glas in der Hand.

»Auf Gabi!« Hans nickt der Tischrunde zu, wendet sich anschließend einmal weit nach rechts, dann nach links, um zu taxieren, wie viele in etwa es sein mögen, die schamlos ein Gastrecht beanspruchen. Etwas mehr als zwanzig? Zu ihnen gehören auch die Herren in schwarzen Lederjacken und feinen Hosen, die ihm schon auf dem Friedhof aufgefallen sind, und, zu seinem Entsetzen, auch seine Nachbarin! Unverschämt grinst ihm ihr Sommersprossengesicht entgegen. Eine bodenlose Frechheit, sich im Schutz der Anderen mit in den *Goldenen Adler* zu trauen. Kurz vor Gabis Tod kam es zwischen ihm und ihr zu einem hässlichen Streit wegen ein paar Stauden, die seine Grenze verletzten. Ein nicht zu duldender Eingriff in sein Ordnungsempfinden, von dem er auf gar keinen Fall abrückt. Hans spürt, wie sich Schweißtropfen an seinen Schläfen und zwischen den Augenbrauen sammeln, seine Brillengläser beschlagen. Die Worte, die er eigentlich sagen wollte, sind seinem Gedächtnis entfallen.

Die Männer trinken den Sekt in heftigen Zügen, die Frauen nippen daran. Der Pfarrer traut sich als Erster, unter die schützende Folie zu greifen und mit Hilfe einer Papierserviette eines der Brötchen an sich zu ziehen. Er beißt hinein. Die anderen hören die Kruste bersten. Die einzige Sorge, die dick macht, ist die Seelsorge, schießt es Hans durch den Kopf, während er den Pfarrer beobachtet und sich gleichzeitig maßlos über sich selbst ärgert. Warum fielen ihm, auch in ersten Momenten, immer derart dumme Sprüche ein. Wobei Gabi meist großen Spaß daran hatte. Die gängige Begrüßung seiner Gäste, »Kommt rein, dann könnt ihr rausschauen«, wünschte sie sich manchmal auch bei anderer Gelegenheit.

Jetzt trauen sich auch die anderen, zuzugreifen, wobei sich die Stehenden über die Sitzenden beugen. Mit geschicktem Griff hat Claudia die Folie entfernt. Nur Konrad Mantels Tischdame zu seiner Linken zeigt nicht das geringste Interesse an dieser »Speisung«. Kerzengerade sitzt sie da, als konzentriere sie sich auf irgendetwas völlig anderes.

Hans registriert, wie Eihälften und Petersilienknospen auf das Tischtuch fallen oder auf dem Boden schamhaft mit den Fußspitzen zum Nachbarn gekickt werden, und dass Claudia die Folie in ihrer linken Hand zu einem kleinen Ball knüllt. Er räuspert sich, nimmt die Brille ab und reibt die beiden Gläser heftig an seinem Revers, bevor er sich an alle richtet:

»Möchte vielleicht einer von euch noch irgendetwas über Gabi sagen?«

Aus den Augenwinkeln gewahrt er, wie sich ein Mann in blauem Anzug von der Wand neben der Tür löst und näherkommt. Er hält kein Glas in der Hand. Wer mag das sein? Soll er ihn begrüßen? Weder in der Kapelle noch auf dem Friedhof hat er ihn bemerkt. Er scheint wesentlich jünger zu sein als alle anderen hier. Doch noch bevor Hans eine Entscheidung bezüglich seines Verhaltens trifft, erscheint wieder der Wirt und ermuntert die Gäste, sich doch der in der Ecke gestapelten Stühle zu bedienen. Hier solle keiner länger stehen. Und so, begleitet von einigem Gerumpel, erobern sich auch die Ungeladenen Sitzplätze. Leere Gläser werden auf den Tisch gereicht, halb ausgetrunkene neben Stuhlbeinen auf dem Boden abgestellt.

Eine derartige »Platzierung« ist alles andere als in Hans' Sinne, und zudem, wenn man die Geschichte vom Ende her betrachtet, ein grober Fehler. Nie hätte man hier Stühle aufstellen, und außerdem noch Jacken oder Mäntel über deren Rückenlehnen hängen dürfen. Als später der Tumult losbricht, kippen sie um und versperren nicht nur gnadenlos Fluchtwege, sondern verursachen mit ihren kreuz und quer in die Luft ragenden Beinen auch wilde Stürze.

»Nun setzt dich doch erst mal, Hans.« Claudia zieht den kräftigen Mann sanft auf den Stuhl neben sich und reicht ihm das vorletzte Brötchen. Sie merkt, wie sehr ihn das eigenmächtige Eingreifen des Wirts ärgert und will ihn beruhigen. Hans spürt den kalten, schlapp über den Rand hängenden Käse an seinem Finger. Der Lachs war als erstes aus, denkt er.

»Eigentlich war sie doch eine ganz Liebe«, springt jetzt Steffen Baum in die Bresche, woraufhin sich alle Augenpaare auf ihn richten. »Sie hatte wohl nur das Pech, zur falschen Zeit, am falschen Ort geboren zu sein. Nach meinem Eindruck schleppte sie ihr schweres Schicksal wie einen Sack Kartoffeln mit sich herum und ließ jeden, der es wollte, und auch den, der es nicht wollte, hineingucken, um die Qualität der Sorte, in ihrem Fall des Elends, zu begutachten.«

Was, zum Teufel, ist hier los? Hans kommt es so vor, als vibriere es um ihn herum. Und wo ist der junge Mann im blauen Anzug abgeblieben? Bei einem flüchtigen Blick in die Runde kann er ihn nicht mehr ausmachen. Ist er gegangen, oder hat er sich hinter ihn gesetzt?

»Sie, Frau Schütz, als Gabriele Holms Cousine, kannten sie doch wahrscheinlich am längsten von uns allen. Könnten Sie uns nicht etwas aus ihrer Kindheit erzählen?« Vor der Kapelle, beim Einschreiben in die Kondolenzliste, haben Steffen Baum und Claudia sich miteinander bekannt gemacht. »Mich würde das sehr interessieren. Ich habe Gabi ja erst einige Jahre nach der Wiedervereinigung kennengelernt, und kann mir vieles, was sie erzählt hatte, gar nicht so recht vorstellen.«

Warum, fragt sich Hans, übergeht er die Mutter? Jedem hier wird doch klar sein, dass die Greisin im Rollstuhl Gabis Mutter ist. Ob sie wohl noch begreift, wo sie sich befindet, und was um sie herum vorgeht? Hans ist skeptisch. Mit unkontrolliert mahlendem Unterkiefer sitzt die Alte da und stiert vor sich auf die Tischdecke.

»Ja, los, erzählen Sie!« Rechts hinter Hans schnarrt eine Männerstimme in leicht sächselndem Ton. »Damit auch den Letzten hier endlich das Mitleid packt!«

Halten plötzlich alle den Atem an?

Claudia übergeht diesen sonderbaren Einwurf und wendet sich direkt an Steffen Baum, wobei sie den kleinen Folienball in ihrer linken Hand knetet: »Okay, warum nicht? Aber Sie irren sich, wenn Sie meinen, ich hätte Gabi schon von klein auf gekannt. Frida brachte sie ja erst 1951 zu den Großeltern nach Ostberlin, da war sie schon sechs, und ich war acht.« Sie zieht ihre graue Kostümjacke straff. Beim Ankleiden heute morgen hat sie festgestellt, dass die Knöpfe gewaltig spannen, wodurch ihre Laune noch tiefer in den Keller gerutscht war. Es reichte doch, dass sie Frida vom Hauptbahnhof abholen und zu Gabis Beerdigung nach Bernau bringen musste! Sie nimmt das alles nur Hans zuliebe auf sich, denn ihr ist klar, dass ihm heute noch so einiges um die Ohren fliegen wird, wovon der arme Kerl jetzt noch keine Ahnung hat.

Claudia zupft ihren Seidenschal zurecht. Sind an ihrem Hals rote Flecken zu sehen? Das kann passieren, wenn sie aufgeregt ist. »Meine Eltern und ich wohnten gleich um die Ecke, Oderberger Straße. Mannomann, heute weiß niemand mehr, wie irre verrottet und wunderbar es damals in dieser Gegend war.«

Hans kommt es so vor, als sacke die Alte im Rollstuhl noch tiefer in sich zusammen. Kleben Schinkenreste in ihrem Mundwinkel? Warum achtet Claudia nicht darauf? Ist es ihr egal? Auch wenn ihm diese Frida Holm durch und durch unsympathisch ist, tut sie ihm plötzlich unendlich leid, dieses Häuflein Elend im zerschlissenen grünen Samtmantel.

»Wenn sie nicht zu diesen Großeltern gekommen wäre«, hört er Claudias Stimme neben sich, »wäre ihr Leben zweifellos anders verlaufen. Vielleicht hätte ihr Idealismus an anderer Stelle Feuer gefangen, vielleicht hätten ihre Begabungen, über die sie ja durchaus verfügte, an anderer Stelle Früchte getragen, vielleicht hätte auch sie das Richtige erkannt und wäre wie ich, versteckt im Kofferraum eines Autos oder auf irgendeine andere Weise, aus diesem Scheißstaat geflüchtet.« Irgendjemand räuspert sich penetrant und laut, was Claudia nur anfeuert, noch einen Zahn zuzulegen. »Diese beiden Herrschaften waren nämlich Vollblutkommunisten –«

»Was dagegen?«

Wieder diese unangenehme Männerstimme, aber auch jetzt geht Claudia nicht auf sie ein. »– und teilten die Ansicht des eisernen Erich, *junge Erbauer des Sozialismus sollten nicht im Treibhaus heranwachsen*. Ich kann von Glück sagen, den Überzeugungen und erzieherischen Maßnahmen dieses Paares nicht ausgeliefert gewesen zu sein. Aber eigentlich wärst du jetzt dran, Frida.« Sie tippt auf die fleckige Hand der Alten, doch deren Unterkiefer schnellt weiter töricht und unkontrolliert vor und zurück und lässt keine Absicht erkennen, Worte bilden zu wollen. »Juni 1945, kurz nach Kriegsende, stellt euch das vor!« Claudia setzt fort, weil sie merkt, dass mit Frida nicht zu rechnen ist. »Berlin ein Trümmerfeld. Du kommst hochschwanger hier an, kein Krankenhaus nimmt dich auf, du –«

»Ich kann dich nicht verstehen.« Frida Holms brüchige Stimme erschreckt alle. Mit ihren knochigen Fingern tippt sie sich auf beide Ohren.

»Schon wieder leer?« Claudia greift nach Fridas Handtasche, dessen Riemen fest um die Armlehne des Rollstuhls geknotet sind, um nach Batterien für die Hörgeräte zu suchen. Jedoch die Hand der Alten umklammert das rissige Leder, und ihre kleinen schwarzen Augen giften die Nichte aus faltigen Schlitzen an. Aus dir werde einer schlau! Am liebsten hätte Claudia jetzt einmal heftig am Rollstuhl geruckelt.

»Weiter!«, fordert die Männerstimme, und jetzt folgt Claudia ihr nur zu gern. Eine schöne Gelegenheit, den Herren von der »Firma« – als solche hat sie die Eindringlinge längst erkannt –, ein bisschen den Marsch zu blasen. Wenn sie schon so blöd sind, hier aufzukreuzen.

»Der Großvater arbeitete in einem Wirtschaftsinstitut, immer schön der Stasi zu. Was genau da lief, kann ich euch leider noch nicht sagen, meine Recherchen stocken, sämtliche Namen in seinen Akten sind geschwärzt. Dagegen meine Eltern! Ein vor wilden Utopien sprühendes

Musikerpaar, das sich in einer Nische des Systems einen Platz ergattert hatte, respektlos und laut auslebte, was den Bonzen ein Stachel im Fleisch war. In unserer Wohnung gaben längst verbotene Musiker Konzerte, traten Liedermacher auf, lasen Schriftsteller aus Texten, die keine Chance hatten, in der DDR verlegt zu werden. Warum meine Eltern aber nichts dagegen unternahmen, dass Gabi in Windeseile dem Glauben der Großeltern verfiel, nehme ich ihnen bis heute übel.«

»Dem Glauben?«, fragt hämisch eine männliche Stimme von links gegenüber. Oberhalb des Kragens der Lederjacke gewahrt Hans ein rot angelaufenes feistes Gesicht, gekrönt von borstig abstehendem blondem Haar. Alter? Um die siebzig.

»Ja, dem Glauben«, erwidert Claudia hitzig. »Wir wissen doch alle, dass der Sozialismus mit seinen Verkleidungen, diesem Irrsinns-Tamtam zu hohen Festtagen, seinen lächerlichen Belobigungen und Orden, diesen Treueschwüren und Gute-Taten-Einforderungen nichts anderes war als eine Weltanschauung, propagiert von üblen Gesellen, die Ungläubigen und Abweichlern mit äußerster Brutalität Beine machten. Noch heute könnte ich kotzen, wenn ich an die Vielen denke, die draufgingen, nur weil sie nicht im vorgegebenen Trott liefen. Robert Havemann, den ich sehr verehrt habe, hat mal gesagt: *Wem es gelingt, Menschen gläubig zu machen, der hat es leicht, ihre Irrtümer am Leben zu erhalten und ihnen neue einzupflanzen.*«

»Und Sie überlegen sich jetzt gut, was Sie hier weiter vorbringen«, droht das Rotgesicht.

»Und Sie«, kontert Claudia, »hören jetzt mal gut zu! Die Zeiten, in denen es als Tugend galt, Andere mit Drohungen einzuschüchtern, sind passee. Euer Papst hat bereits vor siebzehn Jahren den Schwanz eingezogen, und euresgleichen wurden als Verlierer der Geschichte ausgespuckt. Das solltet ihr allmählich kapiert haben.«

Warum reagiert sie so heftig, fragt sich Hans. Spürt sie das zwar noch lautlose, aber doch eindeutige Donnergrollen nicht, das wohl besser zu zerstreuen wäre, als es anzufeuern. Was, um Himmelswillen, staut sich hier auf?

»Zurück zu Gabi. Wahrscheinlich waren meine Eltern zu sehr mit ihren eigenen Problemen beschäftigt.« Claudia hat sich etwas beruhigt. »Eingaben, Ablehnungen, das ewige Hin und Her, ob, und wenn ja, wo sie auftreten durften. Die Absagen kamen meist in letzter Minute. Ein Nerv tötendes Prozedere, das die DDR gegenüber Nichtkonformisten und Volksverrätern, diesen feindlich-negativen Kräften, zu denen auch meine Eltern gerechnet wurden, gnadenlos durchzog. Egal! Niemals darf man Kinder Erwachsenen überlassen, die täglich Feindbilder justieren und Hetze betreiben. Nach zwei Jahren brachten die Großeltern Gabi ins Heim. Eine weitere Sünde! Zumal ins Kinderheim *Königsheide*. Plötzlich hieß es, sie sei schwererziehbar.«

»War es dort denn wirklich so schlimm?« Steffen Baums Frage ist ohne Arg, »sie hat manchmal davon erzählt. Aber auch, dass es besser war, dorthin gekommen, als weiter dem Großvater ausgeliefert gewesen zu sein. Ich will dem ja nichts anhängen, aber für mich hörte es sich manchmal so an –«

»Bitte?«, krächzt Mutter Holm.

» – als habe er das Kind missbraucht.« Baum schluckt ein paarmal. Hans starrt vor sich auf die Tischdecke.

»Zuzutrauen wäre es ihm«, Claudia scheint nicht sonderlich geschockt zu sein. »Mir hat sie nichts davon erzählt, was aber nichts heißt. Vielleicht hat sie sich ja irgendwann gewehrt und wurde zur Strafe in diesen Vorzeigeladen gesteckt? Übrigens benannt nach dem sowjetischen Heimpädagogen Makarenko. Das sagt eigentlich schon alles. Die Kinder sollten ›gebrochen‹ werden.«

Wieder räuspert sich das Rotgesicht.

Claudia fixiert ihn. Unerhört, dass sich dieser grässliche Mensch samt Genossen hierher traut! Wenn Hans jedoch versucht hätte, ihn und die anderen vor der Tür abzuwimmeln, wäre es zweifellos zu einer hässlichen Szene gekommen. Diese Leute geben nie auf! »Von da an«, setzt Claudia fort, »sahen wir uns nur noch selten, ein-, zweimal im Jahr. Aber ich habe noch gut in Erinnerung, wie Gabi mir bei einem ihrer letzten Besuche stolz die Titel der Bücher nannte, die sie jetzt las. Nichts Besonderes, diese Bücher lasen wir alle. Aber bei ihr ging die Saat auf. Shurbas *Gardeschütze Matrossow* oder Polewois *Der wahre Mensch*. Sie schien eins mit dem Jagdflieger Alexei Meressjew, der, abgeschossen von den Deutschen, beide Füße verliert, eine Musterungskommission täuscht und auf Prothesen zurück an die Front geht. Einer, der mit stahlhartem Willen für sein Vaterland und den Sozialismus kämpft. Mit solchen Inhalten verplombt man Kinderhirne. Bücher, die die eigene Fantasie anregen, waren in der DDR kaum zu beschaffen.

»Es reicht!« Eine harte, weibliche Stimme schneidet Claudia das Wort ab. Sie kommt von der dürren Alten, die sich rechts hinter den Pfarrer gesetzt hat. Bereits auf dem Friedhof fiel sie Claudia auf. Das dürre Haar zu einem festen Knoten gedreht, trat sie in ihrem aschfarbenen Mantel äußerst forsch ans Grab, bückte sich beachtlich gelenkig nach der Schaufel und schmetterte mit voller Kraft einen Erdklumpen auf den Sarg – so jedenfalls kam es Claudia vor. Wobei sie etwa im selben Alter wie Mutter Holm sein mag. »Wir wollten von Ihnen etwas über Gabriele hören, was soll das Geschwafel über Literatur?«

Ehe Claudia antworten kann, grätscht, direkt hinter Hans, eine andere weibliche Stimme frechen Beifall dazwischen: »Genau!«

Sofort erkennt Hans die ordinäre Stimme seiner Nachbarin! Mit einer Geste will er Claudia davon abbringen, auf diese Person einzugehen – sie ist es nicht wert –, aber zu spät.

»Ich wollte nur darauf aufmerksam machen, welch massiver und gezielter Beeinflussung diese junge Seele ausgesetzt war.« Claudia dreht sich um, damit sie die Frau hinter sich sehen kann. Etwa ihr Alter. Sie muss sich spontan entschlossen haben, zu dieser Beerdigung zu gehen, ihr offener Mantel gibt den Blick auf eine ungebügelte, bunte Kittelschürze frei. Ein durchaus auffälliger Farbfleck in diesem Gewoge aus Schwarz und Grau. Wer mag sie sein? Claudia bemerkt Hans' Kopfschütteln neben sich, und dann kommt ihr die erregte Stimme Isabell v. Hohensteins zuvor:

»Moment, das interessiert mich!« Sie wirft Hans einen Blick zu: »Ich stell mich mal kurz vor, ja?«

Hans bleibt nichts anderes übrig, als zu nicken. Diese Dame wird auch ohne seine Zustimmung tun, was sie für richtig hält. Die anderen Gäste fragen sich schon die ganze Zeit, wer sie wohl sein mag. In diesem Outfit auf eine Beerdigung? Ganz abgesehen davon, dass es, weiß Gott, noch längst nicht die Jahreszeit für einen Pelzmantel ist.

»Ich heiße Isabell v. Hohenstein und leite einen Verlag in Frankfurt. Ich hatte Gabriele Holm das Angebot gemacht, ihre Memoiren in meinem Haus zu veröffentlichen.« Ein Raunen geht durch die Gaststube. »Durch ihren Tod schien dieses Vorhaben zunächst gekippt, es gibt aber, wie ich festgestellt habe, bereits genügend brauchbares Material, woraus sich ein Buch machen lässt. Dieses wird, mit einigen Anmerkungen von mir, wie geplant im nächsten Frühjahr erscheinen.«

Hans zuckt zusammen.

»Auch für kommende Generationen scheint mir diese Biographie immens wichtig zu sein.«

»Ich dachte, Berichte von Kindern, die in DDR-Heimen misshandelt wurden, gibt es inzwischen wie Sand am Meer«, wundert sich Steffen Baum.

»Aber nicht die Analyse der Spätfolgen als Spiegel des Systems«, korrigiert ihn Isabell v. Hohenstein.

Einige der Lederjacken-Herren lachen auf.

»Auch aus dem Grund bin ich für jede weitere Information dankbar. Für mich, als West-Frau, ist es ja nicht so einfach, sich in die ganze DDR-Chose einzufühlen.«

Konrad Mantel ist verwirrt. Hat Hans Gerechter ihm einen wesentlichen Teil der Biographie seiner Partnerin verschwiegen? Und wenn ja, warum? Da scheint doch weit mehr im Spiel zu sein, sonst würde sich eine Verlegerin aus den alten Bundesländern wohl kaum dafür interessieren. Ist Hans irgendetwas peinlich?

Eine fahrige Handbewegung, und das Glas der schmalen Frau neben dem Pfarrer, aus dem sie bisher kaum etwas getrunken hat, kippt um. Der Sekt sickert in die Tischdecke, ein paar Spritzer benetzen ihr Kleid. Steffen Baum springt auf, ob er ihr helfen könne?, aber sie wimmelt ab und tupft das Tischtuch mit einer Serviette trocken.

Warum nur, fragt sich Claudia, will diese Verlegerin ihrer verstorbenen Cousine eine derartige Bühne bereiten? Ist sie auf Sensation aus? Den Seelenquark, den Gabi in einem Fernsehinterview wenige Monate nach dem Mauerfall ausbreitete, sollte man auf gar keinen Fall auch noch zwischen zwei Buchdeckeln breittreten. Für kommende Generationen!

»Kurz zur Info«, sagt Claudia, »1992 habe ich eine Doku über den Schreckensort *Königsheide* gedreht, Gabi aber bewusst rausgehalten – sie hatte ja diesen Wichtigtuer-Drang – und, statt ihrer, zwei andere ehemalige Insassinnen vor die Kamera gesetzt. Ehemalige Mitarbeiter haben sich leider verweigert, und was die Führungsetage und das pädagogische Konzept betrifft, musste ich Archive fleddern. Aber die beiden Zeitzeugen waren Gold wert.«

»Interessant«, sagt Isabel v. Hohenstein, »davon wusste ich nichts. Wären Sie so freundlich, mir die CD zu schicken?« Sie fingert eine Visitenkarte aus ihrer Tasche und schiebt sie Claudia über den Tisch hinweg zu.

»Kein Problem«, Claudia steckt die Karte ein. »Es gab da zum Beispiel den Brauch, dass Geburtstagskinder beim Essen im großen Saal neben dem Heimleiter sitzen und ein Lied vortragen durften. Einmal traf es ein Mädchen, das erst wenige Tage davor von einer katholischen Schule in die Königsheide gekommen war, und das ahnungslose Kind sag offenbar: *Schipper ruhig weiter, wenn der Mast auch bricht, Gott ist dein Begleiter, er verlässt dich nicht.* Daraufhin sei es, so der Bericht, totenstill im Saal, das Mädchen anschließend im Garten splitternackt in eine Wanne mit kaltem Wasser gestellt worden. Niemand habe helfen, oder Mitleid empfinden dürfen. Es soll vorgekommen sein, dass Kinder flüssiges Bohnerwachs tranken, um dieser Hölle zu entkommen.«

Die Alte im Schatten von Konrad Mantel ist jetzt kurz davor, aufzuspringen.

»Jeden Morgen«, setzt Claudia ruhig fort, »wurde den Kindern eingetrichtert, dass sie sich, wenn ihr Leben einen Sinn haben solle, täglich, ja stündlich, für den Sozialismus entscheiden müssten. Spruchbänder *Unserem Staat unsere Tat* zierten das Gebäude. Woran erinnert euch das?«

»Schluss jetzt!«, keift die Alte, ehe irgendjemand anders antworten kann: »Uns müssen Sie nicht über die DDR aufklären, in der haben wir nämlich selbst gelebt und sind, im Gegensatz zu Ihnen, nicht abgehauen.« Mit ihren kalten Raubvogelaugen fixiert sie Claudia, was diese nur animiert, nachzulegen.

»Ich weiß, dass ihr, in diesem Staat Hängengebliebene, uns, den Entkommenen, nie verzeihen werdet. Noch heute werft ihr uns Untreue und Verrat vor, weil wir nicht bereit waren, unser Leben zu opfern für die Chimäre einer besseren DDR. Aber ich sag euch eins, ihr seid nur neidisch auf die Freiheit, die wir geschenkt bekamen, und um die man euch vierzig Jahre lang betrog. Aufklärung braucht hier niemand, da haben Sie wohl recht, aber sich die Verhältnisse nochmal ins Gedächtnis zu rufen, bringt vielleicht was. Wir alle fragen uns doch, wie es dazu kam, dass ein Mensch wie Gabi so wurde, wie sie nun einmal war. Da gibt es doch nichts zu beschönigen.«

Hans würde Claudia jetzt am liebsten kurz beiseite nehmen und ihr ein paar Fragen stellen, aber das würde zu viel Aufsehen erregen.

Es gebe jetzt Beweise, sagt Claudia, dass die Stasi vor und sogar in den Heimen lauerte, um die armen dort verwahrten Seelen mit Versprechungen an sich zu binden. »Jedes andere Leben muss einem jungen Menschen, der dorthin verbannt war, lebenswerter erschienen sein.«

»Ach was«, platzt die Alten jetzt giftig heraus. »Sie vergessen, in welchem Zustand manche der Kinder zu uns kamen.« Besonders tragisch habe es die Vielen erwischt, deren Eltern nach der Grenzsicherung am 13. August 1961 ihrem Land den Rücken kehrten, und ihre Brut, halb verhungert und verängstigt, zurückließen. »Dagegen waren ein paar Nächte in einem dunklen Keller doch Pipifax, und dass man vor den Augen Anderen barfuß durch den Schnee laufen musste, war noch lange kein Grund, sich als IM zu verpflichten.« Ihre magere Hand knetet heftig den Knauf des schwarzen, fest zwischen beide Knie geklemmten Krückstocks.

IM! Wahrscheinlich auch, weil schon lange niemand mehr den umständlichen Begriff »Inoffizieller Mitarbeiter« benutzt, klingen diese beiden Buchstaben wie ein Fanal. Wobei, und das irritiert Hans am meisten, die Frontlinien noch keineswegs geklärt sind. Wer hat hier was, mit wem, vor? Und aus welchen Gründen? Sollte seine Gabi IM gewesen sein? Das wäre der Albtraum! In den Monaten nach dem Mauerfall waren die Zeitungen gespickt gewesen mit Schauergeschichten von Vertrauensbruch und Freundesverrat. Angewidert hatte Hans sie beiseite gelegt, froh nicht mit derlei in Berührung gekommen zu sein. Das System DDR hat ihn nie interessiert. Warum auch? Er lebte im freien West-Berlin. Ratlos blickt er auf seine Hände, mit denen er seine Gabi oft berührt und niemals Widerwillen gegen diese Frau empfunden hatte, die sich seiner Liebe so offen, ohne Wenn und Aber hingab. Das muss ein Missverständnis sein! Und warum waren dann die Lederjacken hier? Er will es nicht wissen, jedenfalls nicht jetzt. Jede Wahrheit braucht den geschützten Moment, in dem sie als Wahrheit erkannt und mit allen Konsequenzen angenommen werden kann.

»Sie müssen es ja wissen.«

Hans hört Claudias Stimme, worauf die Alte wütend erwidert: »Allerdings!«

Okay, denkt Claudia, wer nicht hören will, muss fühlen, und geht die Alte jetzt richtig an: »Sie sind wirklich dreist, kommen hier hereingelaufen, obwohl sie nicht eingeladen sind, trinken ein Glas Sekt, essen ein Brötchen und krakeelen herum. Kennt Sie hier überhaupt irgendjemand?«

Die Alte gibt nicht klein bei. Mehr als drei Jahrzehnte sei sie Erzieherin in der *Königsheide* gewesen, habe Gabriele Holm bestens gekannt – ein sehr schwieriges Mädchen. »Wenn Sie mich während Ihrer Recherchen gefragt hätten, ich hätte mich nicht verweigert. Ich habe nichts zu verbergen. Aber um Fakten ist es Ihnen offensichtlich nicht zu tun. Wahrscheinlich sind Sie nur hierhergekommen, um uns Ossis mal wieder mit Dreck zu bewerfen. Das sind wir allmählich gewöhnt, das halten wir aus. Ich möchte Ihnen aber dringend davon abraten, den Anwesenden weitere Lügenmärchen aufzutischen. Denn Sie selbst wissen doch am besten, worum es damals ging, was unsere Aufgabe war, die wir sehr ernst nahmen: Kinder zu allseits gebildeten, sozialistischen Persönlichkeiten zu erziehen. Ein hohes Ziel, das unser Staat sich setzte. Die Bildung des neuen Menschen!«

»Sag ich's doch«, lacht Claudia, »genau darauf sind alle Glaubensgemeinschaften, Weltverschwörer und Heilsversprecher scharf – den neuen Menschen. Um ihn zu formen legen sie Beete an, auf denen Apparate-Diener, Abschnittsbevollmächtigte, Blockwarte, Spion-Gucker und Speichellecker sprießen. Wussten Sie, dass Gabi seit ihrem elften Lebensjahr Tagebuch schrieb, in dem sie jede Freude, jeden Schmerz mit einer Freundin teilte, die es gar nicht gab? Sie hieß Miriam.«

»Unsinn! So was wurde bei uns gleich konfisziert. Man soll Kindern keine Freiräume dieser Art gewähren, das verdirbt den Charakter. Mein Name ist übrigens Ute

Göhrde. Sie können das gern überprüfen, meine Daten stehen in der Chronik der *Königsheide*.«

Als der Name Ute Göhrde fällt, zuckt die Frau mit den krass geschminkten Lippen zusammen, fummelt fahrig ein Tüchlein aus ihrer Handtasche und reibt damit wie besessen auf ihren dicken Brillengläsern herum.

»Haben Sie sich nie überlegt, wie einsam dieses Kind gewesen sein muss, Frau Göhrde?« Claudia nimmt die Alte jetzt richtig in die Zange. Sie spürt gewaltigen Ekel gegen diese verbohrte Schnepfe, die Hunderte von Kinderseelen zerstörte, und bis heute nicht wahrhaben will, welcher Herren Dienerin sie war. »Ich behaupte mal, dass Gabi die *Königsheide* nicht überlebt hätte ohne Miriam. Sie, Frau Göhrde, haben die Kinder mit ihrer sozialistischen Erziehung in eine fatale Wirklichkeitsverweigerung getrieben.«

»Stopp!« greift Isabell v. Hohenstein ein. »Tut mir leid, aber da muss ich einhaken. Fast jedes Mädchen in dem Alter, in dem Gabriele damals war, schreibt Tagebuch. Auch eine Freundin zu erfinden, ist keine Seltenheit. Prominentestes Beispiel Anne Frank. Auch ganz normal aufwachsende Kinder träumen in einem gewissen Alter davon, ein Königskind und nicht das Kind seiner Eltern zu sein. Ich würde dem Phänomen insgesamt nicht zu viel Bedeutung beimessen.«

Claudia ärgert sich, denn für einen kurzen Moment glaubte sie, dem dicken Panzer der Göhrde wenigstens eine Schramme beigebracht zu haben. Warum grätscht diese Tussi dazwischen? Am liebsten hätte sie ihr den kleinen Folienball an den Kopf geworfen.

»Ich les euch jetzt mal was vor«, sagt Isabell v. Hohenstein, zieht eine Mappe aus ihrer Tasche und blättert darin. »Damit ihr wisst, wovon ich rede. Ich denke, dass passt gerade ganz gut.«

Die Herren in den Lederjacken wechseln Blicke.

»Ich weiß, meine Mutter wollte mich nicht. Vom ersten bewusst erlebten Moment an war mir klar: unerwünscht! Vielleicht bin ich das Produkt einer Vergewaltigung? Vielleicht ist mein Vater Russe? Ein Satz von ihr blieb mir immer im Ohr: Weiß ich denn, welcher Zahn vom Zahnrad mich getroffen hat? Sie hätte mich in jener Julinacht, in der ich unter freiem Himmel im Trümmerfeld aus ihrem gekrümmten Leib flutschte, einfach liegen lassen sollen. Das wäre tausendmal besser gewesen. Dann wäre ich gleich gestorben. Als ich sechs wurde, brachte sie mich zu meinen Großeltern nach Ostberlin und verschwand. Für immer. Den ganzen Tag verbrachte ich auf einem Mäuerchen im Hinterhof und überlegte, was ich tun sollte. Weglaufen? Wohin? Meine Mutter wollte mich nicht. Wer mein Vater war, wusste ich nicht. Also blieb ich einfach sitzen, schaute den Ameisen in den Mauerritzen und den Blüten in den schwingenden Ästen über mir zu, betrachtete die Welt als eine, die wohl auch schön sein kann, aber nicht für mich. Hörst du mir zu, Miriam?«

Isabell v. Hohenstein blickt triumphierend in die Runde. Niemand hier scheint sich noch wohlzufühlen. »Das geht ans Eingemachte, oder? Ich sag's doch, diese Aufzeichnungen haben Potenzial.«

Claudia kann es nicht fassen. Diese Dame meint es also wirklich ernst, mit dem verkackten Leben ihrer Cousine Geld zu machen? Sie kickt den kleinen Folienball gegen das jetzt fast leere Silbertablett und fährt die anderen an. »Ich sag dazu jetzt nichts. Ich war nur die Cousine und bin rechtzeitig abgehauen, ehe mich irgendjemand in diesem Scheißstaat gezwungen hätte, mir die Hände dreckig zu machen.« Alle verfolgen gebannt, wie sich der kleine Ball langsam und leise knisternd auseinander faltet. Claudia wendet sich an Hans' Tischdame zur Linken. »Sag doch auch mal was, Christa! Du warst schließlich Gabis Partnerin, du hast sie besser gekannt als jeder andere hier.« Christa Wernes Augenlider zucken. »Pardon, Hans, wenn dich das jetzt überrascht.«

Hans erschrickt zutiefst. Nie hat Gabi auch nur die leiseste Andeutung gemacht, irgendwann einmal sexuell anders orientiert gewesen zu sein.

»Schon klar, dass es Lesben in der DDR nicht leicht hatten«, Claudia insistiert weiter. »Aber von heute aus betrachtet, Christa, alles easy, oder? In dieser Runde wird dir niemand den Kopf abreißen. Nutz die Gelegenheit, sag was!«

Wie viele Jahre mögen wohl seit dieser Beziehung vergangen sein, fragt sich Hans, und warum wollte Gabi auch diese Frau auf ihrer Beerdigung haben, obwohl sie sie vorher mit keiner Silbe erwähnte? Ihm fällt ein, dass er auf das Kuvert unter den Namen Christa Werne eine Adresse in Potsdam geschrieben hatte.

Christa schweigt. Als sie vor ein paar Tagen den schwarzumrandeten Briefumschlag öffnete und auf der Karte unter Gabis Namen den Namen eines Mannes las, hatte sie das gehämmerte Papier zerrissen und in den Papierkorb geworfen – es am anderen Morgen jedoch zusammengeklaubt, Ort, Datum und Uhrzeit gelesen und gedacht: Mich erspar ich dir nicht!

»Wie schade, dass Ihnen nichts einfällt, Frau Werne.« Wieder hört Hans diese unsympathische Männerstimme hinter sich. »Wär' doch interessant, aus erster Hand zu erfahren, wie das so war, Gespielin eines IMs zu sein. Waren Sie stolz?«

Hans steht auf und dreht sich um. Endlich will er dem Menschen, dem diese Stimme gehört, in die Augen sehen. Ein blasser, hagerer Typ, etwa siebzig, aus der Gruppe der schwarzen Lederjacken. Hans hat es nicht anders erwartet. »Ob Sie so freundlich wären, sich vorzustellen?« Direkt neben ihm, wie Hans jetzt sieht, hat der junge Mann im blauen Anzug Platz genommen.

»Wir wollen hier doch keine Erbsen zählen, verehrter Herr Gerechter«, der Angesprochene grinst breit. »Ich bin nur einer von Gabis alten Freunden. Sie hatte viele Freunde. Pech für Sie, wenn sie Ihnen nichts davon erzählt hat.«

Dieser leicht sächselnde Ton, dazu das abfällige Grinsen – Hans meint, wieder vor dem Schlagbaum zu stehen. In genau dieser pampigen, Überlegenheit demonstrierenden Art, wurde er jedes Mal auf seinem Weg nach Westdeutschland an der Grenze aufgefordert, seine Hecktür zu öffnen. Jedes Mal, obwohl die Grenzer ihn längst kannten, durchsuchten sie seinen Transporter aufs Penibelste. Ein manchmal Stunden dauerndes Prozedere, das er keinem Kunden zumuten konnte, und deshalb die Lieferungen seiner Möbel immer selbst vornahm. Diese Menschen gab es also immer noch, und ausgerechnet hier und heute muss er ihnen wiederbegegnen. Ein leichter Schwindel packt ihn.

Claudia springt ein: »Lass es gut sein, Hans«.

Er setzt sich wieder.

»Das ist Fritz Kolbe. Einer von den Hauptamtlichen.« In der Stimme der Frau zur Linken von Konrad Mantel schwingt Entschlossenheit. »Als wir die Stasi-Zentrale stürmten, sahen wir ihn mit anderen im Hof Kartons auf LKWs laden. Der Herr dahinten war auch dabei, er heißt Böhm. Bernd Böhm.« Sie zeigt auf das Rotgesicht. »Wir haben alles getan, um sowohl den Aktenklau als auch die Aktenvernichtung zu stoppen! Aber die Schredder liefen Tag und Nacht weiter. Was für eine Überraschung, meine Herren, Sie bei diesem Anlass wiederzusehen. Vielleicht erinnern Sie sich an mich? Mein Name ist Kautz. Leah Kautz. Ich war mal Malerin in Ostberlin. Sowohl meine Bilder als auch mein gesellschaftliches Verhalten wurde von Ihnen als anstößig eingestuft. Mehrfach nahmen Sie mich fest. Da drüben sitzt Ulf Pörtner, der war am 15. Januar 1990 auch mit vor Ort«, sie nickt dem Mann neben Christa Werne zu, »wahrscheinlich haben Sie sich schon die ganze Zeit gefragt, woher Sie sein Gesicht kennen.« Sie lacht kurz auf.

Fritz Kolbes Augen werden schmal. Er sucht Böhms Blick. Sollen wir eingreifen und ihr das Maul stopfen? Aber sein Genosse scheint noch abwarten zu wollen.

»Sie versuchten alles, um die Spuren Ihrer Vergangenheit zu vernichten.« Leah will diese Herren nicht schonen. »Was ja deutlich dafürspricht, dass Sie so etwas wie ein Schuldbewusstsein hatten. Niemand betreibt aus reiner Lust und Laune einen solchen Aufwand. Ein sehr spannender Punkt übrigens, wenn man Sie heute in Diskussionen über Ihre, ach so knapp bemessenen Renten jammern hört. Sie wissen selbst am besten, für welche Tätigkeiten Sie noch im Nachhinein besser bezahlt werden wollen.«

»Ohne Geheimdienst geht es nicht, Frau Kautz, in keinem Land der Welt. Wer wüsste das besser als Sie?« Das muss Kolbe jetzt doch loswerden.

»Aber doch nicht, um die eigenen Bürger zu bespitzeln, zu demütigen, zu misshandeln, zu zersetzen.«

Jetzt wird's richtig spannend, freut sich Isabell v. Hohenstein, schiebt ihre blonde Mähne in den Nacken und macht rasch ein paar Notizen. Herren von der ehemaligen Staatssicherheit zeigen sich auf Gabrieles Beerdigung! Wow! Kein Wunder, dass die Frau aus der damaligen Opposition so aggressiv reagiert. »Es wurde aber doch nicht das gesamte Beweismaterial vernichtet!?«

Hans starrt die beiden Herren an, die durch ihre Namensnennung aus dem Grau der Anonymität ans Licht gezerrt sind. Die Herren Kolbe und Böhm also. Zwei Stasimänner, die hier, zusammen mit einigen Kollegen, dreist Platz genommen haben. Ihm ist mulmig zu Mute. Er hat sich diesen »Leichenschmaus« ganz anders vorgestellt. Eine kleine Höflichkeitsgeste gegenüber den Geladenen. Ein paar Häppchen, ein paar freundliche Worte, vielleicht noch ein paar Tränen und ein baldiges sich Verabschieden. Was bedeutet dieser Aufmarsch hier?

»Einiges haben wir tatsächlich retten können, ja«, geht Leah auf Isabell v. Hohensteins Frage ein. »Und wenigstens ein paar der Täter sind vor Gericht gebracht. Anhand des geretteten Materials lässt sich aber auch Widerstand ablesen. Den gab es nämlich auch. Auch in der DDR konnte man Nein sagen. Ein paar Mutige haben es getan. Gabi gehörte nicht zu ihnen. Im Gegenteil, sie warf sich den Mutigen an den Hals, um sie zu verraten.«

Leah macht eine Pause, und Hans nutzt diese für seine Verteidigung. »Danke für die Aufklärung, Frau Kautz, allmählich dämmert's bei mir. Auch wenn's schwerfällt. Als ich Gabi kennenlernte, war sie eine von Depressionen geschüttelte, von Gott verlassene Seele. Ich wäre nie darauf gekommen, dass sie einmal so viele Freunde hatte –«, er hält inne und überlegt, waren die Menschen hier wirklich noch Gabis Freunde? »– die bis heute zu ihr stehen.« Leah will ihn unterbrechen, aber Hans wehrt sie ab und wendet sich an Kolbe und Böhm. »Es würde mich aber doch interessieren, meine Herren, woher Sie von dieser Beerdigung wussten.«

»Wir wissen noch immer alles«, knallt ihm Kolbes Antwort entgegen.

Blitzschnell fasst Hans Claudias linken Arm und drückt ihn nieder, weil er spürt, dass sie aufspringen will. Ungern fügt sie sich, und er setzt mit Bedacht fort: »Lassen Sie uns Gutes über die Tote sagen, Herr Kolbe. Wer weiß, was man über Sie äußern wird, wenn Sie eines Tages unter dem Rasen liegen. Das steht ja jedem von uns irgendwann bevor.«

»Was meinen Sie denn, warum wir hier sind?«, schnaubt Kolbe unfreundlich zurück, was alle Trauergäste – außer den Lederjacken – als äußerst unhöflich empfinden, schließlich sitzt er ungeladen hier. »Wir werden nicht zulassen, dass auch nur *ein* falsches Wort über die Genossin fällt.«

Hans verzagt. Es gibt also kein Zurück, Gabi war eine von denen, und die sind nicht nur einfach so mitgelaufen, die Herren, die verfolgen ein Ziel.

»Lange Zeit«, schnaubt Kolbe, »war sie eine äußerst verlässliche und jederzeit verfügbare Quelle, die treu zu ihrer Verpflichtung stand, unsere Gesellschaft vor subversiven Angriffen des Feindes zu schützen. Wie die Herrschaften Kautz und Pörtner bei ihrer fleißigen Aktenschnüffelei ja herausgefunden haben mögen, arbeitete sie mit an der Beweisführung, dass Bürgerrechtsbewegungen von feindlichen Geheimdiensten gesteuert wurden. Nicht nur von der BRD. Sie sollten also nicht die Heilige spielen, Frau Kautz. Dass dies eine äußerst schwierige Aufgabe war, kann sich jeder intelligente Mensch denken, aber Gabriele Holm, Deckname Cora Lanz, hat immer gute Arbeit geleistet. Ihr freiwilliger Abschied im Sommer 89 ist allein ihrer labilen Psyche zuzuschreiben. Wir haben im Lauf der Jahre einiges miteinander durchgestanden, sie aufgefangen und immer wieder aufgebaut. Aber irgendwann ist bei ihr die Sicherung durchgeknallt.«

Cora Lanz! Für Leah Kautz und Ulf Pörtner ist dieser Name nicht neu, hunderte Male sprang er ihnen aus den Akten entgegen. Aber für alle anderen steht er wie ein Gespenst im Raum. Gerade hat sich die Frau mit der dicken Brille das letzte Brötchen vom Silbertablett genommen und zwischen ihre roten Lippen geschoben – jetzt bleibt ihr die Luft weg. Sie hustet und läuft rot an.

Auch Konrad Mantel, der eigentlich scharf auf dieses Brötchen war, jedoch einen Moment zu lange zögerte bei der Überlegung, ob es wohl statthaft sei, dass der Pfarrer das letzte Stück nimmt, verliert für einen kurzen Moment die Fassung. Am Ausgang des Friedhofs hatte sich ihm just diese Dame als Cora Lanz vorgestellt, Kranfahrerin im Baukombinat Köpenick, vier Kinder. Sie sei Gabis beste Freundin im Kinderheim *Königsheide* gewesen, und egal was später passiert sei, sie halte sich an die Zeit damals, in der sie sich gegenseitig Trost gespendet hätten. Der Pfarrer wusste mit dieser ausführlichen Vorstellung zwar wenig anzufangen, hatte ihr aber trotzdem freundlich zugelächelt, so wie man es von seinem Beruf erwartet.

Auch Hans ist total irritiert. *An Frau Cora Lanz,* so hatte er einen der acht Umschläge adressiert. Wieso jetzt Deckname? Er sieht, wie Ulf Pörtner seiner nach Luft ringenden Tischdame den Rücken klopft, und hört ihn fragen: »Geht's wieder?« Sie nickt dankbar und wischt sich die Tränen ab.

Sie also ist Cora Lanz? Aber wer ist sie wirklich?, fragt sich Hans. Bisher hat sie noch kein einziges Wort gesagt. Warum wollte Gabi sie auf ihrer Beerdigung sehen? »Frau Lanz?«, spricht er sie an, merkt aber im selben Moment, was für ein Riesenfauxpas es ist, sie ausgerechnet jetzt bei ihrem Namen zu nennen. Außerdem ist Kolbe noch nicht fertig mit seinem Toast auf Gabi.

»Auch wenn es am Ende schief ging, soll daran erinnert sein, dass Gabi viele Jahre lang treu ihr Ziel im Auge behielt und sich, wie es den Richtlinien operativer Arbeit entspricht, nicht einlullen ließ von freundschaftlichen Gesten oder scheinbarem Mitgefühl. Ihre Freunde blieben immer ihre Feinde. Diesen entscheidenden Punkt zu würdigen, haben Sie in ihrer Ansprache leider vergeigt, Herr Pfarrer. Der aber wäre die Kernaussage gewesen.«

Die Ratlosigkeit Konrad Mantels ist für jeden sichtbar. Nach Kolbes Worten gibt es für ihn keinen Zweifel mehr, dass die Gabriele Holm, für die er gerade eine Grabrede gehalten hat, nicht identisch ist mit der Person, die die meisten hier kannten. Trotzdem entschließt er sich zu einer Verteidigung: »Es wird wohl keinem gelingen, Herr Kolbe, in nur wenigen Minuten den Charakter eines Menschen voll umfänglich zu zeichnen, zumal wenn man ihn nicht persönlich kannte. Aber Ihre Worte geben mir Anlass, darüber nachzudenken, wie ich in Zukunft besser damit verfahren könnte. Es ist ja leider immer öfter der Fall, dass man jemanden zu Grabe trägt, der kein Mitglied der Gemeinde war.« Diese kleine Ermahnung meint er, sich erlauben zu können.

Hans, in Sorge, durch seine »Zurechtweisung« Kolbes, vielleicht schuld an dessen grober Ausfälligkeit gegenüber dem Pfarrer zu sein, möchte diesen um Verzeihung bitten, aber in dem Augenblick mischt sich Ulf Pörtner ein: »Verehrte Tischrunde, kümmert euch nicht um diese Herren, sie sind es nicht wert! Sie gehören zu denen, die ewig hassen und, wie wir sehen, nie, auch in hundert Jahren nicht, begreifen werden, dass die neue Zeit angebrochen ist. Eine Zeit, in der sich sogar Friedhofsgärtner miteinander unterhalten können, ohne dass auf den Gräbern in unmittelbarer Nähe gleich zwei

Andere herumbuddeln, um zu hören, was nebenan geredet wird.« Er lacht kurz auf. »Immer zwei, versteht sich, weil sich die Herren auch gegenseitig misstrauten. Wir müssen uns damit abfinden, dass sie noch da sind, genau wie wir, die Relikte der friedlichen Revolution.« Wieder lacht er. »Wie ihr eben von Leah gehört habt, waren wir für einige Jahre Weggefährten, allerdings in sehr unterschiedlich geprägten Gruppen.«

Schon in der Kapelle, als sie sich unter die Trauergäste mischten, war es für Ulf klar, welche Rolle die Lederjacken spielen wollten: Der Genossin Geleit geben, stellvertretend für ihren Führungsoffizier, der sich – ein dem Alkohol verfallener Teufel – schon vor Jahren erhängte. Für Ulf sind diese Herren gefährliche Eindringlinge, vor deren »Wirkmächtigkeit« er den ahnungslosen Tischler Hans Gerechter gern bewahrt hätte. Auch wenn er ihn bis heute nicht kannte und wenig Sympathie für ihn empfindet. Aber was konnte der arme Kerl dafür, dass seine Gabi eine von diesen Leuten war.

Am meisten entsetzt hatte ihn ihre Larmoyanz, die mitschwang, als sie sich ihm, im Frühsommer 1989 während eines Spaziergangs an der Spree, »zu erkennen« gab. Keine einzige ihrer Tränen und Beteuerungen, wie leid ihr alles tue, wie schlimm es für sie gewesen sei, dieses Doppelleben zu führen, hatte er ihr abgenommen und später, beim Lesen seiner Akten, festgestellt, dass sie ihn auch nach diesem vertraulichen Gespräch weiterhin eifrig bespitzelt und ihrem Führungsoffizier Walter Rösch sogar noch sehr intime Dinge über sich und seine Frau berichtet hatte. »Du wolltest noch etwas sagen, Leah?«

Während Ulf Pörtners Statement wird Hans klar, woher er dessen Gesicht kennt. Wochenlang hing es auf Wahlplakaten überall in der Stadt. Aber mit keiner Silbe erwähnte Gabi, dass dieser Mann zu DDR-Zeiten einer ihrer Freunde war. Seinen Namen hatte Hans sich nicht gemerkt.

Leah streicht ihr Kleid glatt. Das schwarz-graue Muster lässt sie noch bleicher aussehen, als sie wirklich ist. »Dass Gabi alles andere als eine wunderbar akkordeonspielende, ihren Garten pflegende, Blumen fotografierende und Alben bestückende gute Seele war, wissen wir jetzt also, auch ihren Decknamen kennen wir – Danke für Ihre Indiskretion, Herrn Kolbe –, und an ihrem Lebenslauf, wie er in ihrer Verpflichtungserklärung stand, wird Keiner Interesse haben.« Von draußen ist lautes Hundegebell zu hören. Leah wartet, bis es wieder ganz still ist. »Warum also, kann sich jeder fragen, ist er noch hier. Die Herren von der Staatssicherheit haben schon eine Erklärung für ihr unrechtmäßiges Erscheinen abgegeben, und weitere der hier Anwesenden sind ihnen, vermute ich mal, ohne nachzudenken gefolgt, haben also kein Motiv. Sie, Hans, hofften, alles wäre schnell vorbei, hatten niemals mit einem solchen Ansturm gerechnet, sonst hätten Sie ja mehr auflegen lassen.«

Ulf erschrickt, so brüskierend kennt er Leah nicht. Ein schwaches Auflachen züngelt durch die Gaststube, einige wippen auf ihren Stühlen, gespannt, wie das Match weitergehen wird. Wenn der Durchmesser des Tisches nicht so groß wäre, hätte Ulf Leah unter der Tischplatte einen Stups mit der Schuhspitze versetzt.

Leah blickt in die Runde. »So weit, so gut. Und jetzt verrate ich euch, warum ich hier bin: Ich möchte, dass heute die Wahrheit auf den Tisch kommt.«

Leahs zwar leise, aber resolute Stimme lässt die Herren in den Lederjacken aufhorchen. Erstaunlich, dass es dennoch ruhig bleibt, und die Wut hinter zusammengebissenen Zähnen verharrt. Um sich dann, kaum eine Stunde später, mit voller Wucht zu entladen.

»Anfang der 80er Jahre fand Gabi den Weg zu uns über einen Verlag, wo sie Bastelbögen und Puzzle für Kinder entwarf, die nirgendwo gebraucht würden, wie sie uns weismachte, endlich wolle sie etwas Sinnvolles tun. Ihre ganze Jugend habe man ihr versaut. Auch bei uns zog sie diese Nummer ab.« Leah berührt ihren Tischnachbarn Steffen Baum leicht am Arm. »Ihr Elend, ihr Gütezeichen. So schleimte sie sich bei uns ein, gierig nach Anerkennung und Zuwendung. Und auch wenn sie eigentlich keinem in der Gruppe sympathisch war und jedem vom ersten Tag an durch ihre aufdringliche, wichtigtuerische Art auf die Nerven ging, nahmen wir sie als Sozialfall auf. Gegenüber einem vom Leben so gebeutelten Menschen fühlten wir uns verpflichtet. Ich hätte auf meine innere Stimme hören sollen – und auf meine Träume.«

»Oh, là, là«, spöttelt es aus der Menge.

»Träume sind Schäume.« Ute Göhrde stößt heftig mit ihrem Stock auf.

Leah hält inne. Sie hat sich vergaloppiert. Niemals wird sie auch nur einem hier ihre Träume erzählen, die sie träumte, immer wieder träumte, nachdem Gabi in der Gruppe war. Würmer krochen über ihre Haut, saugten sich fest, drangen in sie ein, fraßen ihr Innerstes auf. Irgendwann wurde ihr klar, wer dieser Parasit war. Schauerlich und erbarmungslos.

»Erst nachdem Gabi gestanden hatte, begriffen es auch die anderen, dass sie unsere Nähe gesucht hatte, um uns zu schaden. Das war ihr Auftrag. Und der wiederum – und das ist das komplett irre an der Sache – verlieh ihrem Verrat, den sie an uns beging, von vorneherein Absolution. Alles, was sie tat, tat sie ja für die gute Sache. In diesem Fernsehinterview im Sommer 90 ging sie so weit, zu behaupten, wir alle seien gleichermaßen Opfer gewesen. Sie auch!«

»Irre!«, platzt Isabell v. Hohenstein dazwischen, »dazu les ich euch ganz schnell eine Notiz von ihr vor. Die passt genau.« Sie zieht ein Blatt aus ihrer Mappe:

»Ich führte kein Doppelleben, nein, ich führte nur meins, das Leben von Gabriele Holm. So war ich, ein nur winziger Anteil Gutes, der Rest Hass. Es machte mir Freude, die Gewalt, die ich erfahren hatte, andere spüren zu lassen und dabei jede menschliche Regung zu übergehen. Ein guter Spitzel geht bis an den Rand der eigenen Schizophrenie.«

»Na bitte, Frau Kautz! Und was heißt jetzt Wahrheit?«, spottet Bernd Böhm und räkelt sich unappetitlich breitbeinig auf seinem Stuhl.

»Dass Gabis Geständnis Schall und Rauch war. Sie bereute ihre Taten nicht. Genau wie Sie, Herr Böhm! Sonst wären Sie hier nicht mit ihrer Entourage aufgefahren. Sie kannten den Charakter dieser Frau besser, als wir ihn wahrhaben wollten. Sie wissen, dass sie niemals einknickte. Oft bat sie mich nach unseren Treffen, sie auf ihrem Heimweg zu begleiten, und kaum dort angekommen, flehte sie mich an, noch mit in ihre Wohnung zu kommen. Wenn es nach ihr gegangen wäre, sollten sich unsere Treffen ins Endlose dehnen. Wobei sie ja wusste, dass du, Christa, oben auf sie wartetest«, sie nickt Christa Werne zu. »Was erhoffte sie sich von meiner Begleitung? Noch mehr Einschleimerei, noch mehr Informationen, noch mehr Verrat? In der Nacht, in der ihr euch getrennt habt, stand sie heulend vor meiner Tür und forderte Trost, so, als ob ich dazu verpflichtet sei, und obwohl die Entscheidung, wie sie mir sagte, von ihr ausging. Stimmt das eigentlich?«

Christa Werne antwortet nicht. Keinen dieser Leute hier ging ihr Verhältnis mit Gabriele Holm etwas an, erst recht nicht, wie erbärmlich es zu Ende ging. Ihr Vorwurf an die Gefährtin, fremd zu gehen, was sonst könne der Grund für ihr häufiges nächtliches Ausbleiben sein, was sie jahrelang stillschweigend duldete, prallte total ab. Eiskalt erwiderte Gabi, sie gehe jetzt. Und sie? Warf sich vor ihr auf den Boden und flehte sie an, zu bleiben. Damals glaubte sie, ohne diese Frau nicht leben zu können. Erst, als alles ans Licht kam, als die Grenzen offen waren und Gabi sogar im Fernsehen auftrat, fiel es ihr wie Schuppen von den Augen, wie abhängig sie gewesen war, und dass ihre Bedürfnisse zu winselnder Bedürftigkeit verkommen waren. Heute war sie hier, um stille Rache zu nehmen, um zu beweisen, dass sie den Tod aushielt, dass sie die Stärkere war.

Die drückt sich, schade!, denkt Leah. »Wie du willst, Christa. Ein Leichenschmaus ist schließlich kein Tribunal.

Als Gabi damals so verzweifelt vor mir stand, lud ich sie spontan zum Essen ein, anschließend liefen wir noch eine Weile in der Gegend herum und amüsierten uns über verrückte Auslagen in den Schaufenstern. Zum Beispiel überdimensionales Gemüse aus Plüsch. Diesen Kitsch konnte wirklich nur die DDR hervorbringen. Wir stellen uns das Ganze auf einer Anrichte vor, darüber Erich Honecker, gerahmt. Doch jetzt der Clou: Irgendwann kam Gabi mit genau diesem Zeug als Geschenk bei mir an. Ein Geschenk, von dem sie wusste, dass ich es scheußlich fand. Eine bewusste Kränkung. Hinter allem, was sie tat, steckte etwas Anderes, als das, wonach es, oberflächlich betrachtet, aussah, eine Gemeinheit, eine Niedertracht.«

Mutter Holm in ihrem Stuhl kippt gefährlich zur Seite. Schläft sie?

»Alles gut, Frida?« Claudia beugt sich zu ihr, doch die Alte stößt sie heftig von sich. Einige am Tisch können sich ein Grinsen nicht verkneifen.

»Haben Sie dieses Gefühl jemals Gabriele gegenüber formuliert?«, fragt Isabell v. Hohenstein.

»Nie. Und genau das ist es, was ich auch im Nachhinein nicht verstehe. Warum haben wir so vieles so lange ertragen, geduldet, ihr nachgesehen? Oder bewusst übersehen?«

»Moment, genau dazu hab ich noch was«, sagt v. Hohenstein und schlägt wieder ihre Mappe auf. Schnell ist das Blatt gefunden, nach dem sie sucht:

»Ich hatte so einige Schwachstellen und war sehr labil, was einerseits von großem Vorteil war, denn so erfuhr ich

von den Frauen in der Gruppe Mitleid und Mitgefühl, was wiederum die Türen ins Private öffnete, wo immer am meisten abzuschöpfen war. Winzige seelische Regungen waren für die Stasi von größtem Interesse. Wenn man weiß, wie die Leute ticken, kommt man schneller voran im Vernichten.«

Leah geht nicht auf diese Sätze ein. »Eines Tages bat sie mich in ihre Bude, machte Tee, wie immer, setzte sich in ihren Schaukelstuhl und tat mir, genussvoll vor- und zurückschaukelnd, kund: Ick war ooch bei der Stasi. Dabei sah sie mich aus ihren leicht schräg stehenden Augen verächtlich triumphierend an, als wollte sie sagen, Hättest du mir nicht zugetraut, oder?, du kleines Miststück. Ihre Kälte traf mich bis ins Mark. Dieser Blick ließ später sämtliche von ihr vorgebrachten Reuebekundungen und jegliches um Vergebung betteln von mir abprallen. Freunde warfen mir meinen erschreckenden Mangel an Misstrauen vor. Auch mein Mann tutete in dieses Horn, was letztlich zur Trennung führte. Aber ich wollte nicht so werden wie Sie, meine Herren!« Leah nickt den Lederjacken zu. »Eine schöne Gelegenheit, Ihnen das wenigstens einmal in Ihre unverschämten Gesichter zu sagen.«

Hans stößt Claudia sanft mit dem Ellenbogen in die Seite, sollte man diese Leah Kautz nicht besser stoppen? Aber Claudia schüttelt den Kopf: Leah weiß, was sie tut.

»Sie säten diese Saat, indem sie jeden Bürger zum potentiellen Verräter stempelten, dessen Zersetzung sie skrupellos vorantrieben, nur, um hieb- und stichfest Beweise erbringen zu können, dass der oder die tatsächlich ein schädliches Element für unsere Gesellschaft war.«

Hinter sich hört Leah verächtliches Schnauben. »Ein paar Monate nach Gabis Offenbarung fiel die Mauer. Trotzdem, und auch das ist mir bis heute ein Rätsel, führten wir weiterhin Gespräche mit ihr. Wir wollten begreifen – auch uns! Bis sie eines Tages den Knaller raus ließ, wie sehr sie es genieße, mit uns plaudern zu können, einfach so, ohne anschließend zu diesem Typen gehen und ihm alles erzählen zu müssen. Nichts, aber auch gar nichts hatte sie begriffen! Bis heute kann ich es mir nicht verzeihen, dass ich ihr nicht wenigsten in diesem Augenblick eine geknallt habe. Dass sie vielleicht mit einer roten Wange dagesessen hätte – immerhin wenigstens dieses eine Mal sprachlos.«

Alle im Raum horchen auf. Niemand hat dieser Frau eine solche Härte zugetraut. Und hatte nicht jeder gelernt, dass auf Hass Vergebung folgt oder folgen soll? Hier schien sich die Vergebung dahin entladen zu haben, endlich aus tiefster Seele hassen zu dürfen.

»Für Sie, Hans«, sagt Leah, »ist das alles neu, und wahrscheinlich werden Sie in Zukunft schlechte Nächte haben. Aber falls es Sie tröstet, Sie sind nicht allein.«

Dieser Satz ist noch nicht zu Ende gesprochen, da geht wieder die Tür auf, und der Wirt kommt mit einem großen Kuchenblech herein. Im Vorbeigehen drückt er den Lichtschalter: »Ey, Leute, warum hockt ihr denn im Düstern, wollt ihr Geister beschwören?« Der Leuchter über dem Tisch flammt auf, und erst jetzt bemerken alle, wie dunkel es in der Stube geworden ist.

»Ich fand's gemütlich«, protestiert Mutter Holm. Verstört blinzelt sie ins helle Licht. Plötzlich spiegeln ihr die

Fensterscheiben die Gesellschaft in zwei Himmelsrichtungen, als sei hier eine unübersehbare Menschenmenge versammelt, und der alten Frau kommt es so vor, als befände sie sich in einem riesigen Festsaal. »So Viele!«, staunt sie, »das hat sie nicht verdient.«

Der Wirt stellt das Blech vor Claudia auf den Tisch, wobei, getroffen vom Licht der vielen Glühbirnen, die Klinge des Messers, welches auf dem Kuchen liegt, kurz aufblitzt und die Aufmerksamkeit aller auf sich zieht.

»Geht aufs Haus«, zischt der Wirt Hans zu, sichtlich fassungslos, dass jemand so viele Gäste so lange ohne weitere Bewirtung ließ. Die Wirtin zwängt sich zwischen Hans und Claudia und setzt einen Stapel kleiner Teller und einen Korb mit Kuchengabeln auf das weiße Tischtuch. Geschickt lässt sie die zerknüllte Folie in ihrer Schürzentasche verschwinden, sammelt die leeren Sektgläser ein und balanciert sie auf dem abgegessenen Silbertablett zum Ausgang.

Ein Messer. Vom Ende der Geschichte her betrachtet, ein weiterer grober Fehler. Niemals hätte ein solcher Gegenstand in einen Raum gebracht werden dürfen, wo Menschen mit großer Leiderfahrung und Menschen, die erheblichen Anteil an der Zufügung dieses Leids hatten, beisammen saßen. Leid, das noch immer ungesühnt war.

Plötzlich stimmt Frida mit dürrer kratziger Stimme ein Lied an: »*Warum wollt ihr euch denn nicht bessern? Bald werden sie über die Freitreppen drängen und Euch erstechen mit Küchenmessern und an die Fenster hängen –*«

Alle, auch der Wirt und seine Frau, schon in der Tür, horchen auf. Was ist das denn?

»Lass gut sein, Frida«, stoppt Claudia diese gespenstische Einlage und fährt der Alten – eine fast schon automatische Handbewegung – mit der Serviette über den Mund. Das ist wirklich das letzte, was sie jetzt hören will, alte DDR-Songs. Frida wehrt sich nicht, starr sitzt sie da, als habe sie sich selber erschrocken, über das, was eben zu hören war.

»Kann man hier auch Kaffee bestellen?«, lässt sich eine freche Stimme vernehmen. »Ist zwar schon ein bisschen spät, aber zu einem Kuchen gehört bei einem Leichenschmaus auch eine Tasse Kaffee.«

Hans merkt, dass ihm die Felle davonschwimmen, dass diese Leute ganz offensichtlich nicht bereit sind, nach Hause zu gehen. Im Gegenteil, darauf warten, dass endlich das Unfassbare, das alle auf sich zukommen spüren, geschehen möge. »Gut, eine Runde Kaffee auf mich«, sagt er laut.

»Na, geht doch«, witzelt der Wirt und folgte seiner Frau zur Tür hinaus.

Bis Kaffee für so viele Personen gebrüht und serviert ist, dauert es eine Weile. In die Gesellschaft kommt Bewegung. Christa Werne erkundigt sich nach den Toiletten, Steffen Baum checkt Mails auf seinem Handy, neugierig beäugt von Mutter Holm. Was mag es für eine Bewandtnis mit dem kleinen blinkenden Teilchen in den Händen ihres Nachbarn haben.

»Darf ich?« Ihre knochige Hand angelt über die rechte Armstütze des Rollstuhls. Erschrocken dreht Baum sich weg und tröstete die Alte, um ihre Neugier zu zerstreuen: »Leider kaputt.«

Leah zieht einen Zettel aus der Tasche, überfliegt die Stichworte, die sie sich gemacht hat, und schreibt noch ein paar dazu. Den Herren von der ehemaligen Staatssicherheit soll es richtig leidtun, hier aufgetaucht zu sein!

Cora Lanz überlegt, ob sie aufstehen, sich Hans vorstellen und ihm erklären soll, dass sie heute zum ersten Mal von diesem Decknamen gehört hat, traut sich aber nicht. Sie versucht ihre Nervosität zu bändigen, indem sie am Saum des steifen Tischtuchs knibbelt und dabei aus den Augenwinkeln ihre Nachbarin beobachtet. Der über die Stuhllehne gebreitete Pelzmantel ist eindeutig ein Imitat. Cora ist erleichtert, fragt sich aber, warum diese Frau es nötig hat, so eine Nummer abzuziehen. Auch sie ist mit ihrem Handy beschäftigt. Ihr Nachbar, Konrad Mantel, scheint tief in Gedanken versunken zu sein. Auch für ihn wird dieser Leichenschmaus immer problematischer.

Einige von den »Gaffern« stehen auf und vertreten sich die Beine. Zwei von ihnen machen sich an den in der Ecke gestapelten Tischen zu schaffen, rasch sind fünf hervorgezogen und in die Stube geräumt.

Diese Tische! Ein weiterer grober Fehler. Sie werden den Fluchtweg erheblich verengen. Zumal die Wirtin es sich nicht nehmen lässt, vor dem Austeilen der Kaffeetassen, weiße Tücher darüber zu breiten, die sich dann, heruntergerissen, wie Fesseln um Füße und Absätze winden. Zunächst jedoch hocken sich jeweils vier bis sechs Trauergäste an diesen Tischen zusammen, Gäste, für die zunächst nicht mal ein Stuhl vorgesehen war. Zu den Lederjacken, die gleich zwei Tische für sich beanspruchen, zwängt sich Ernie Marlow, ein Journalist, auch einer der Ungeladenen. Ständig macht er sich Notizen auf einem kleinen Block. »Ihr trefft euch auch sonst noch regelmäßig?«, fragt er. Verächtliches Grinsen. »Hey Leute, macht euch mal locker.« – »Wir reden nicht mit der Westpresse.« Demonstrativ wendet Bernd Böhm ihm seinen Rücken zu.

»Arschloch!« Als die Mauer fiel, war Marlow gerade achtzehn Jahre alt. Tatsächlich kam er als Praktikant bei einem Westberliner Boulevardblatt unter und stieg dann rasch zum Redakteur der Seite »Stadtgeschichten« auf. Seinen Stuhl betont laut über den Boden schleifend, rückt er einen Tisch weiter und landet neben der alten Göhrde, die ihm im Flüsterton Beifall zollt.

»Bravo, immer gleich eins in die Fresse. Auch wenn's auf 'ner Beerdigung ist.«

Der Mann im blauen Anzug, der ebenfalls an diesem Tisch Platz genommen hat, horcht auf. Leah fängt einen Blick von ihm ein. Woher kennt sie diese Augen?

»Sie können hier ganz ungeniert laut sprechen«, muntert Marlow die alten Göhrde auf. »Auch Flüstern und Umgucken, ob jemand mithört, das Doppelgestirn im Verhaltenskodex der DDR, ist längst im Äther zerstoben.«

»Hören Se doch uff!«, schnauzt Kolbe, »über diese Art DDR-Märchen ist längst hohes Gras gewachsen.«

»Was allerdings sofort gemäht scheint, wenn Leute wie Sie auftauchen«, kontert Marlow und würde diesem Mann am liebsten spielerisch in die Seite knuffen.

Hans beugt sich über Christa Wernes leeren Stuhl zu Ulf Pörtner und fragt ihn, ob er nicht seinen Part übernehmen könne, er fühle sich sehr elend und würde lieber gehen. Nun sei ja wohl auch alles gesagt. Aber Ulf winkt ab, das gehe nicht, er, Hans, sei nun mal der Hauptleidtragende und müsse bis zum Ende ausharren. Denn genau daran, an diesem Leid, müsse man unbedingt festhalten, sonst könne niemand garantieren, wohin diese Versammlung abdrifte.

Plötzlich mischt sich Isabell v. Hohenstein ein. Das alles sei wirklich unglaublich interessant für sie, sie sei sehr dankbar, hier sein zu dürfen. Und da die Einladung ja von Gabi kam, habe sie auch keinen Zweifel daran, dass es richtig sei, das Projekt durchzuziehen. Sie sei sehr gespannt, wie es weitergehe, aber durchaus froh über diese kurze Unterbrechung, einen Kaffee könne auch sie jetzt gut brauchen.

»Darf ich Sie etwas Persönliches fragen?« Cora traut sich, die Verlegerin leicht am Arm zu berühren.

»Gern.«

»Zu welchem Friseur gehen Sie?«

Isabell v. Hohenstein lacht. »Warum?«, und flüsterte ihr einen Namen zu.

»Nur so«, antwortet Cora und denkt, egal, so ’n teuren Wessi-Laden kann ich mir eh nicht leisten.

»Was soll denn eigentlich dieses Buch?«, wendet sich Ulf leise an Hans.

»Keine Ahnung, aber sie scheint ja daran festzuhalten.«

Plötzlich kommt Hans der Verdacht, dass diese Isabell v. Hohenstein schon lange viel mehr über das Leben seiner Partnerin wusste als er. Warum hat er sie nie gefragt, was an Gabis Leben für sie so interessant ist. Vor der

Zeit als Anwaltsgehilfin, erwähnte v. Hohenstein einmal beiläufig, sei Gabriele Sekretärin im Ministerium der Staatssicherheit gewesen, ob er das wisse. Er hatte verneint. Was sollte er damit anfangen? Schmeichelte es seiner Eitelkeit, dass sich eine Frau mit so einem Background für seine Gefährtin interessierte? Warum protestierte er nie dagegen, dass ihn die beiden Frauen immer in die Werkstatt schickten, wenn ihre eigentliche Unterhaltung anfing.

Ulf tippt sich an die Stirn und will Hans mehr dazu sagen, warum er nichts von diesem Buch hält, bekommt aber in dem Moment eine Tasse Kaffee und ein Stück Kuchen auf einem der kleinen Teller vorgesetzt. Geschickt zieht Claudia das große Messer über das Blech, um möglichst viele Portionen zu kreieren, und für wenige Minuten widmen die Trauergäste ihre Aufmerksamkeit den ihnen zugedachten Stücken. Nicht ohne prüfende Blicke auf die Teller der Nachbarn zu werfen, ob denen vielleicht mehr zugedacht worden war.

Diese Ost-Frauen schaffen es einfach nicht, sich schick zu machen, denkt Isabell v. Hohenstein. Als Christa Werne zurück an ihren Platz kommt, sieht man, dass sie ihre Augenbrauen kräftig nachgezogen hat. Das ist so was von out! Die Verlegerin schmunzelt.

Jetzt vermischen sich die Geräusche vom Abstellen der Kaffeetassen, vom Weiterreichen der Zuckerdosen und Sahnekännchen, das leise Klirren beim Umrühren, das Kratzen der Kuchengabeln auf leer gegessenen Tellern, zu einem einzigen Ton, der fast etwas Beruhigendes hat. Wohl jeder in der Stube genießt die »Feuerpause«.

Eine wahrlich seltsame Runde. Eine Mutter, eine Cousine, eine ehemalige Freundin aus dem Kinderheim, eine ehemalige Partnerin, zwei ehemalige Freunde aus der Bürgerrechtsbewegung im damaligen Ostberlin, ein ehemaliger Arbeitskollege, eine Verlegerin, der Pfarrer und Hans, der Partner. Dazu die Lederjacken, die noch immer ein »goldenes Kalb« zu verteidigen haben, eine alte Erzieherin, ein Journalist, dem diese Beerdigung in letzter Minute zu Ohren kam, der sich in sein Auto warf und nach Bernau raste. Nicht zuletzt dieser bisher noch niemandem bekannte junge Mann im blauen Anzug. Und der Rest? Leute aus der Kleingartensiedlung, aus dem Gemeindechor, aus Hans' Sportverein, eine Nachbarin. Leute, wie sie überall zur Stelle sind, wenn es etwas zu gaffen gibt, worüber man sich später das Maul zerreißt und wodurch das eigene Unbedeutend-Sein für kurze Zeit ein wenig Bedeutung gewinnt.

Leah lässt Kaffee und Kuchen unberührt und setzt, als die anderen endlich »abgespeist« sind – den Unmut der Lederjacken heftig schürend –, ihren Gedankengang fort: »Jahrelang haben wir für Veränderungen in unserem Land gekämpft. Aber doch nicht dafür! Nicht für West-Autos, Fernseher und Zimmerspringbrunnen. Ihr, die zu DDR-Zeiten gegen uns wart, richtetet euch rasch ein. Der Klassenfeind und sein gehasster Kapitalismus wurden schnell zum besten Freund. Warum denn nicht? Geld ist doch nichts Schlechtes! Wir aber wollten kein: Schwamm drüber! Meine Familie verspottete mich, du hast schon damals mit Windmühlenflügeln gekämpft, jetzt tust du es wieder.«

Leah hört Kolbes verächtliches Schnauben.

»Für mich«, sagt sie, »war der Mauerfall, so wie er über die Bühne ging, nichts als Betrug.«

»Hä?« Steffen Baum erschrickt.

»Das kapiert natürlich wieder keiner«, Leah schaut sich fast hilfesuchend um. »Ich war elf, als dieses Bauwerk errichtet wurde, Verwandte und Freunde lebten plötzlich in einem anderen Land, zu dem mir der Zutritt verwehrt war. Wie oft habe ich als junges Mädchen davon geträumt, nur noch ein einziges Mal einen Blick auf die andere Seite werfen zu können. Nach und nach verblasste die Erinnerung daran, wie es auf der anderen Seite aussah. Und wir wussten ja, wer an die Mauer geht, wird erschossen. Und eines Tages, durch das kleine Wörtchen ›unverzüglich‹, wird dieses Bauwerk beiseite geschnippt, wie ein böser Spuk, ein Mummenschanz, als wäre unsere Realität nur ein Witz gewesen.«

»Eine ziemlich verkürzte Variante«, kommt ihr Ulf lachend dazwischen. »Egal, wir beide wissen, wie es war, und Trauergäste sind im Allgemeinen wenig scharf auf Geschichtsunterricht. Was willst du uns damit sagen, Leah?«

»Als ich mit einer Freundin das erste Mal nach Italien fuhr, wir die Berge hinter uns ließen, und ich die italienische Ebene vor mir sah, habe ich nur noch geheult.« Hat Leah Ulfs Frage gar nicht gehört? »Um all das, um diese Landschaft, um dieses Licht, um diese Weite, habt ihr uns betrogen«, ihr Blick richtet sich wieder auf Kolbe und Böhm. »Wofür? Ihr wart doch selber längst vertrocknet in eurem menschenverachtenden Räderwerk. Plötzlich galt nicht mehr, was vierzig Jahre lang für uns bitterer oder besser tödlicher Ernst war.«

»Ja«, pflichtet ihr Steffen Baum bei, ohne Gespür, dass er voll danebengreift, »ich kann mich noch gut an die Fotos mit den Trabi-Schlangen auf der Brennerautobahn erinnern. Total irre! Mit der Pappe die lange Strecke! Ihr müsst echt verrückt gewesen sein.«

Ein Kerl, der an einem der kleinen Tische links hinter Leah Platz genommen hat, beugt sich zu ihr herüber und legt seine fleischige Hand auf ihre Schulter. »Ich kenn' dich.«

Reflexartig reagiert Leah, die Kuchengabel vor ihr auf dem Teller schepperte – alle schrecken auf –, doch der Mann hat seine Hand schon blitzschnell zurückgezogen. Diese Stimme! Tagelang hatte sie ihr in dem karg eingerichteten Vernehmungszimmer der Untersuchungshaftanstalt *Hohenschönhausen* immer wieder dieselben Fragen gestellt. Tagelang hatte Leah sich darum bemüht, alles, was ihr lieb war, von sich abzuspalten, ihren Mann, ihre beiden Kinder – sonst hätte sie nicht überlebt. Hermann Grün. Auch diesen Namen hatten ihr die Akten ausgespuckt. Noch immer verströmte er diesen fauligen Mundgeruch, der Brechreiz bei ihr auslöste. Manchmal war er während der Vernehmung auf- und ab- und dann direkt an ihr vorbeigegangen. Einmal hatte er sie brutal von hinten an den Schultern gepackt, heftig geschüttelt und gebrüllt: Los jetzt, raus mit der Sprache, sonst erfährt dein Mann, dass du einen Geliebten hast. *Die Beschuldigte wurde leichenblass, die Vernehmung abgebrochen.* So war die Situation in ihrer Akte festgehalten.

Dreht sich der Raum um sie? Ihre Augen suchen nach einem Halt und bleiben an dem Messer hängen. Blitzt es bösartig, oder kommt es ihr nur so vor? »Und ich kenne Sie, Hermann Grün.« Leah versucht, das leichte Beben ihrer Stimme zu zügeln. Sie dreht sich nicht um, sie weiß, wie dieser Mensch aussieht, nie wird sie dieses Gesicht vergessen. »Ich hoffe, die Schreie der Gefangenen, die Sie gequält haben, verfolgen Sie noch bis zu Ihrem Tod im Schlaf.« Alle starren sie an, war sie außer sich?

Was für ein Schock, als gewisse Herren, an jenem frühen Frühlingsmorgen plötzlich in ihrer Küche standen und sie aufforderten, »zur Klärung eines Sachverhalts« mitzukommen. Durch das Autofenster sah sie die Menschen an den Straßenbahnhaltestellen stehen, ein ganz normaler Tag in einer ganz normalen Welt. Nur sie wurde weggesperrt, weil sie *in landesverräterischer Absicht Unterlagen, die Frauengruppe betreffend, an eine Person aus Westberlin übergab.* So stand es in dem Bericht, den Gabi in der Nacht zuvor als IM Cora Lanz ihrem Führungsoffizier in die Tasten fütterte. Abends, nach der Verhaftung, ging sie zu Leahs Mann, um ihn zu trösten. Anstatt sich mit schlechtem Gewissen davonzuschleichen, holte sie sich Dank ab. Dank für gespendetes Mitleid.

Hans lockert die Krawatte, der Schweiß sickert in seinen Kragen. Soll er hier und heute dafür bestraft werden, eine Frau in sein Leben gelassen zu haben, die ihm verschwieg, warum sie von allen verstoßen worden war? Und weil er Mitleid mit ihr gehabt hatte?

»Ich hab so ein Bild im Kopf, ich werde es nicht los.« Leah spricht jetzt wie in Trance. »Ein Mann und eine Frau treffen sich in einer fremden Wohnung, es ist Nacht, sie tauschen keine Zärtlichkeiten aus, nein, sie setzen sich gegenüber an einen Tisch, zwei Stühle scharren, sie hüsteln, ein Bogen wird in eine Schreibmaschine eingezogen. Maximal vier Finger schlagen die schwergängigen Tasten an, ein knapper Klingelton, wenn das Ende einer Zeile erreicht ist. Zischend fährt die Rolle mit dem Bogen nach links, der kleine Buchstabenhebel schlägt eine Zeile tiefer auf das Papier. Ununterbrochen plappert die Frau, manchmal, wenn sie zu schnell plappert, sagt der Mann: Stopp! Oder: Nochmal! Oder er stellt eine Gegenfrage. Ich höre, wie der Bogen mit einem Ratsch! von der Rolle gezogen, gestempelt, unterschrieben und abgeheftet wird.«

Hans Kopf glüht! Was bleibt denn noch von seiner Gabi, wenn das, was hier die Runde macht, der Wahrheit entspricht? Ihre Sprunghaftigkeit, ihr ohne ersichtlichen Grund über die Stränge schlagen, ihr »Himmelhochjauchzend«, ihr »Zu Tode betrübt«, ein Zustand, den zu beenden, ihm jedes Mal unendlich viel Kraft abverlangte.

»Immer wenn es ganz still ist in der großen Stadt, und alle anderen schlafen«, fährt Leah mit ihrer absurden Beschreibung fort, »treffen sich die beiden, diktieren, protokollieren und zersetzen. Wie Schaben in der Wand, fressen und kratzen sie, höhlen aus – bis das Gebäude eines Tages, gänzlich zerrüttet, zusammenfällt. Ein ganzer Staat, der Frieden und Freundschaft propagierte, vernichtete sich selbst, durch Lügen und Verrat, durch

Misstrauen und Missgunst, die er unter seinen Bürgern säte. Es wird Generationen dauern, bis sich das ausgewachsen hat.« Leah bricht ab, wie ausgebrannt sitzt sie da und starrt auf das noch unversehrte Stück Kuchen vor sich.

Von den Zaungästen ist Grummeln zu hören.

»Hörten wir gerade den *Abendgruß*?«, fragt Hermann Grün in bissigem Ton, wodurch schallendes Gelächter um ihn herum ausbricht. »Und ich dachte immer, auch unsere sämtlichen Kindersendungen wurden 1990 abgewickelt.«

»In den Gesprächen nach ihrer Dekonspiration«, unbeeindruckt von Hermann Grüns Hohn scheint Leah wieder im Hier und Jetzt zurück zu sein, »machte Gabi uns den Vorwurf, bedauernswert naiv und treuherzig gewesen zu sein. Sie habe die anderen, die, wie sie, für euch arbeiteten, immer gleich erkannt. Auch daran, welche Vorschläge sie in den Versammlungen unterbreiteten. Konstruktive oder solche, die nur Verwirrung stiften sollten. Eine perfide Technik, wie wir jetzt wissen. Aber alle, die sich für diese Drecksarbeit kaufen ließen, sind längst enttarnt.«

»Jetzt beruhigen Sie sich doch erst mal, Frau Kautz, und trinken Sie Ihren Kaffee, der wird ja ganz kalt.« Nachdem Hermann Grüns Versuch, sie lächerlich zu machen, missglückt ist, wechselt er zur gönnerhaft-jovialen Tour.

Genau, wie damals, denkt Leah. Nach stundenlangem Verhör bestellte er ihr manchmal eine Tasse Kaffee, nur um sie in die Falle zu locken, Sympathie für ihn zu empfinden. Nie hatte sie auch nur einen Schluck getrunken.

Sie weiß, dass das Gesicht hinter ihr jetzt Herablassung und Langeweile bekundet, der erste Zug, in dem menschenverachtenden Spiel damals, genannt Vernehmung, das dem Häftling Schritt für Schritt seine Nichtigkeit vor Augen führte, seine Hilflosigkeit und Abhängigkeit, aus der sich im schlimmsten Fall ein Freundesverrat pressen ließ.

Alle sind gespannt, was Leah tun wird, und sie beschließt spontan, das Spiel in genau derselben Weise zurückzuspielen: Hermann Grün einfach links liegen zu lassen, und ihm so ihre Verachtung zu zeigen. »Ein Jahr nach dem Fall der Mauer gründeten wir ein Archiv, um jedem Bürger die Möglichkeit zu geben, sich über eure Intrigen und Flächenbrände kundig zu machen, aber auch über Widerstand und Opposition in der DDR.«

Dazu müsse sie sie nachher unbedingt etwas fragen, bemerkt Claudia. »Nicht vergessen!«

»Merkwürdigerweise kamen zu uns aber auch Leute, die nichts anderes wollten, als einmal ihr Herz ausschütten. Ihr glaubt es nicht, was ich mir alles habe anhören müssen! Diese ganze Stasi-Kacke, samt des mit Stolz und ohne einen Funken Reue vorgebrachten: ›Ich war dabei!‹ Kein einziger war bereit, auch nur einen Schritt auf den zuzugehen, dem er Schaden zugefügt hatte. In all den Jahren habe ich kein einziges ›Es tut mir leid‹ gehört. Bis dahin ist es offenbar ein langer Weg, den jede Seele ganz für sich allein gehen muss.« Leah stößt die kleine Gabel senkrecht in ihr Kuchenstück. »Ich denke oft darüber nach, was Reue ist, und wem sie nützen könnte. Können Täter, wenn sie bereuten, ihren

Opfern ihre Würde zurückgeben? Und wie könnte echte Reue aussehen? Was meint ihr?«

»Was redest du denn, Leah!« Ulf ist jetzt sichtlich erbost. »Darum geht es hier doch nicht. Du selbst hast es vorhin gesagt, ein Leichenschmaus ist kein Tribunal. Wir hatten uns lediglich die Frage gestellt, warum Gabi so wurde, wie sie war. Gesche und ich haben unsere Tochter nicht ohne Grund in diesen alternativen Kinderladen geschickt. Wir wollten die Kleine nicht den Mühlen dieses brutalen Erziehungs-Mahlwerks überlassen, das aus zarten Wesen, wie auch Gabi es einmal war, ›den wahren Menschen‹ schleifen sollte. Diesen ganzen Wahnsinn hat uns Frau Göhrde ja gerade nochmal vorgekaut. Und Gabi hat daran geglaubt.«

Stille.

Selbst die alte Göhrde wagt nicht, zu widersprechen. Nur Mutter Holm traut sich aus ihrem Rollstuhl-Versteck, beugt sich weit nach vorn, zieht flugs Leahs Kuchenstück zu sich heran, befreit es mit zitternder Hand von der Gabel und lässt es in der Tasche ihres grünen Samtmantels verschwinden. Leichenfledderin!, schießt es Claudia durch den Kopf. Sie weiß, dass Frieda ihre kleine Tochter damals abschob, weil dieses Kind ihrer Karriere als Sängerin im Weg stand. Sängerin! Aber kann man ihr das heute noch vorwerfen? Das ist doch alles viel zu lange her. Wahrscheinlich kapiert sie gar nicht, wo sie ist. Sie jetzt aus der Stube hinauszufahren, wäre, denkt Claudia, allerdings ein Affront. An Leahs Gesicht kann sie ablesen, dass sie überlegt, wie sie auf Ulfs Entgegnung reagieren soll.

»Du und Gabi standet euch sehr nahe, Ulf, das sollten wir in dieser Runde nicht verschweigen. Wir alle waren keine besseren Menschen, nur weil wir für freie Wahlen kämpften. Deine Reaktion, als ich es wagte, dir meine ersten Zweifel an Gabi, kundzutun? Ach was, Zicken-Krieg! Nur wenige Monate, bevor sie selbst aufgab. Das war meine Vernichtung, Ulf, von da an traute ich meinen eigenen Wahrnehmungen nicht mehr. Abgesehen davon, dass auch Einige aus der Gruppe mir von da an misstrauten. Wahrscheinlich hast du das gar nicht mitgekriegt, wie tief verletzt ich war. In deinem Kopf schwirrten Eingaben und Aufrufe, du warst mit Menschenrechtsverletzungen in Polen, Ungarn und der CSSR, der Dritten Welt und der Umwelt beschäftigt. Die Freunde in deiner direkten Umgebung waren nur Werkzeug für dein Werk. Meine Anschuldigungen gegen Gabi prallten von dir ab und kehrten wie ein Bumerang zu mir zurück. Du glaubtest ihr, nicht mir.«

Ulf ist geschockt. Warum machte Leah hier alte Fronten auf – zumal vor versammelter Mannschaft? Was könnte er erwidern, ohne sie zu kränken. Zum Glück kommen in diesem Moment erneut Wirt und Wirtin herein und servieren, zu Hans größtem Unbehagen, eine Runde Korn. »Damit euch ’n büschen warm um Herz wird.«

Die Männer kippen den Korn, schmatzen und schütteln sich, die Frauen nippen daran und verziehen ihre Gesichter.

»Mannomann! Ihr steckt ja noch knietief in der alten Kacke«, meldet sich Steffen Baum zu Wort. Wobei er nervös an seinen Fingern zieht, dass die Gelenke knacken.

Er habe die Verstorbene zwar erst in den 90ern kennengelernt, aber schon damals habe es das gelobte Land DDR nicht mehr gegeben. »Glaubt ihr denn, eure Techtelmechtel und Utopien interessieren heute noch irgendeine Sau? Ihr seid total out!« Der ganze Ost-Quark habe noch nie auch nur irgendjemand interessiert. Er sei in Westberlin aufgewachsen, habe selbstverständlich auch die eine oder andere Story über oppositionelle Bürgerbewegungen und die Stasi gehört. »Aber? Wir hatten genug eigene Sorgen.«

»Tja«, sagt Leah, »Ihnen wurden eben nie Ihre Tagebücher, Fotos und Briefe oder gar die eigenen Kinder weggenommen, und wahrscheinlich hat man Sie auch nie in ein Gefängnis verschleppt, gedemütigt und verhört, weil Sie sich zum Beispiel Buttons *Schwerter zu Pflugscharen* angesteckt oder sich an einer Demo beteiligt haben.«

»Stimmt!«, antwortet Steffen Baum, der ihre Anspielungen nicht versteht, er sei kein 68er gewesen. Sonst wäre er vielleicht auch mal von einem Wasserwerfer der Polizei getroffen und auf der Wache vernommen worden. »Aber seid doch mal ehrlich, vor ein paar Wochen hat sich unser Nobelpreisträger Günter Grass geoutet, als Jugendlicher zur Waffen-SS gegangen zu sein. Schmälert das seinen Charakter oder die Qualität seiner Bücher?« Wieder knacken seine Finger.

»Es geht nur darum«, antwortet Leah, »ob einer zu dem steht, was er angerichtet hat, und ob er Konsequenzen daraus zieht. Ich gehe davon aus, dass hier so Einige sitzen, deren Leben Gabi massiv geschadet hat, die nie ein Wort der Entschuldigung von ihr gehört haben. Zeit genug hätte sie gehabt. Wir könnten diese Zusammenkunft nutzen, offen darüber zu sprechen. Trotz oder gerade wegen der alten Schergen, die sich hier eingeschmuggelt haben. Ihre Gegenwart, meine Herren«, sie wendet sich an Kolbe, Böhm und Grün, »ist der Beweis, dass Gabi nie bereute, dass ihr Geständnis, ich sagte es bereits, ein Betrug war. Ein doppelter Verrat.« Sie hält inne, als lausche sie ihren eigenen Worten nach, und Konrad Mantel hält dies für einen guten Moment, sich in die Diskussion einzuschalten:

»Wir hatten ja leider nicht die Gelegenheit, vorab ein Gespräch zu führen, liebe Frau Kautz. Sie erwähnten vorhin, Sie seien zu DDR-Zeiten Malerin gewesen. Heute also nicht mehr?«

Leah blickt ihn nicht an. »Fragen Sie die Lederjacken, ab Anfang 1989 erteilten sie mir Berufsverbot. Pinsel und Leinwände trocknen schnell ein, Herr Pfarrer, und in einem vereinigten Deutschland fehlte der Malerin die Kraft für einen Neuanfang.«

»Darf ich fragen, was Sie heute machen?«

»Ich bin Sozialarbeiterin im Rollberg-Kiez, Neukölln. Falls das einem Nicht-Berliner etwas sagt.«

Ulf Mantel verneint.

»Kurz gesagt, ich bemühe mich darum, schweren Jungs beizubringen, dass es auch noch etwas anderes im Leben gibt als Gewalt.«

»Sie sind also bei Ihrem gesellschaftlichen Engagement geblieben?« Dazu sagt Leah lieber nichts, was der Pfarrer, beschäftigt mit seiner überflüssige Empathie-Bekundung, aber nicht registriert. »Als ich vor einem halben Jahr die Pfarrstelle hier in Bernau antrat, habe ich mich ein wenig über die Vergangenheit belesen und dabei auch erfahren, was Sie und Ihre Gefährtinnen in der Bürgerrechtsbewegung geleistet haben. Das war mutig!«

Jetzt hätte Leah am liebsten laut gelacht. Dieses Bürschchen, das ihr Sohn sein könnte, und seine Nase in ein oder zwei Bücher über die DDR gesteckt hat, wagt es, ihr ein Lob auszusprechen? Der hat offenbar nichts begriffen, auch nicht, dass ihm die Gegenwart nur deshalb eine Frau vom Kaliber Gabriele Holms über den Zaun warf, weil ihr Partner Hans Gerechter bis zum heutigen Tag nichts von ihrer Vergangenheit wusste.

»Und ich möchte betonen, dass auch für mich«, Leah hört die salbadernde Stimme des Pfarrers mit Abscheu, »obwohl ich aus Westdeutschland komme, die Narben der Vergangenheit hier im Ort spürbar sind. Jedoch gehört es nicht zu meinen Aufgaben, Stellung dazu zu beziehen. Mich begleitet eine andere Instanz, die dazu aufruft, einander zu lieben und Frieden zu stiften.«

»Wissen Sie was?«, unterbricht ihn Böhm, und sein Kopf scheint noch röter zu werden. »Für Frieden und Gerechtigkeit haben sich die Genossen unseres Ministeriums vierzig Jahre lang den Arsch aufgerissen. Ohne einen lieben Gott! Gabriele Holm war nur ein kleines, aber, wie Sie gehört haben, äußerst verlässliches Rädchen im großen Getriebe. Und wenn einige Herrschaften hier meinen, sie diskreditieren zu müssen, zeugt das nur von einem schwachen Selbstbewusstsein und davon, den Lügen, die über unser leider untergegangenes Land verbreitet werden, aufgesessen zu sein.«

»Ach ja, den Lügen!«, schneidet ihm Ulf Pörtner das Wort ab. »Die so in den Ohren dröhnten, dass ein Walter Rösch, Gabis Führungsoffizier, zehn Jahre nach dem Untergang Ihres angeblich so friedfertigen Staates keinen anderen Ausweg mehr sah, als sich aus seinem Schal eine Schlinge zu winden, einen Hocker zu nehmen, darauf zu steigen, die Schlinge am Fensterkreuz zu befestigen, seinen Kopf hindurchzustecken und den Hocker mit den eigenen Füßen wegzustoßen. Eine freiwillige Handlung, vollzogen bei vollem Bewusstsein. Einem, der so was tut, ist wohl klargeworden, dass nicht nur sein persönliches Mittun an diesem Staatsgebilde, sondern dieses Staatsgebilde selbst ein Irrtum war, und dass sich diese Erkenntnis nicht mit Alkohol ertränken lässt.«

Gabis Führungsoffizier. Hans flüstert Claudia zu: »Wusstest du das?«, und gewahrt ihr Nicken. Ihn packt das blanke Entsetzen. Vage hat er davon gehört, dass Spitzel sogar Belobigungen und Orden bekamen. Und seine Gabi? Wer war seine Gabi gewesen?

»Hört mal«, schaltet sich Isabell v. Hohenstein ein, »zum Thema Führungsoffizier habe ich was wirklich Schönes in meiner Mappe.«

Hans würde jetzt am liebsten schreien: Stopp! Aber er traut sich nicht, sondern starrt nur vor sich auf die Tischdecke.

»Ich hatte Glück, mein Führungsoffizier war immer für mich da, auch nachts. Nein, nicht so! Er war nicht mein Typ, er war sieben Jahre jünger als ich. Er war mein Halt und mein Held, ich hatte großes Vertrauen zu ihm. Das ist ein Riesenunterschied. Ich hatte ja sonst niemanden auf der Welt. Nicht

einen meiner Geburtstage hat er vergessen und mir jedes Mal kleine Geschenke gemacht. Manchmal haben wir draußen in Teupitz Bootstouren unternommen, in so'm kleinen Plastekahn mit Außenbordmotor. Es gab Sekt. Ganz, wie man sich das vorstellt. Ich konnte mich dort immer ein paar Tage erholen. Es war ein sehr idyllischer Ort. Manchmal kamen auch Vorgesetzte von Walter, die mich kennenlernen wollten oder mir, als ich schon viele Jahre dabei war, Auszeichnungen überreichten, obwohl ich nie Hauptamtliche, sondern immer nur Inoffizielle war. Ich habe einige Medaillen in Bronze bekommen. Auf die bin ich stolz!«

Hans steht auf und bittet die anderen, ihn für einen Moment zu entschuldigen. Dann verlässt er die Stube. Hoffentlich haut er nicht doch ab, denkt Ulf, und überlegt kurz, ob er ihm nachgehen soll. Aber er ist nicht verantwortlich für diesen Zirkus hier.

Leah bemerkt trocken, bei der Soße könne einem nur schlecht werden, wer das, pardon, denn lesen solle.

Doch die Verlegerin gibt nicht auf: »Dann nehmen wir etwas anderes. Vielleicht einen Abschnitt aus dem interessanten Kapitel *Vorgehensweisen der Stasi*? Das müsste doch nach Ihrem Geschmack sein, Frau Kautz?« Sie blättert in ihrer Mappe.

»Lassen Sie mal stecken, Lady«, versucht Böhm sie zu bremsen.

»Im Gegenteil!«, entgegnet ihm Isabell v. Hohenstein. »Sie sind hier ja nicht das Maß aller Dinge, Herr Böhm, das müssten Sie inzwischen doch gecheckt haben.«

Ganz schön frech, die Dame, denkt Ulf. Man spürt, dass die nie Angst vor denen gehabt hat.

Unbeirrt blättert v. Hohenstein weiter, bestärkt durch die spürbare Neugier der Gaffer um sie herum.

»Hier: *Die Stasi schleuste mich gezielt bei diesen Leuten ein. Eine gängige Vorgehensweise, wie mir später zu Ohren kam. Auf Anweisung der Partei initiierte das Ministerium ein paar ›widerständige Gruppen‹, die Menschen anlockten, auf die man Einfluss nehmen und die man zersetzen wollte. Ich wurde offiziell aus der Partei rausgeworfen, verlor meinen Job im Verlag, stand da, arm und verlassen, ein Heimkind ohne Vater, verstoßen von der Mutter, und diese Gutmenschen nahmen mich auf, ohne Vorbehalt, verschafften mir sogar einen Posten und vertrauten mir ihre Kinder an. Klar, hab ich die gemocht. Kinder gehören nicht in das Netz von Intrigen und Verrat, sie wissen nichts davon, wie kaputt die Welt ist. Wie krank dieser Staat war, für den ich mein Leben opferte, und für den es keine Heilung gab.*«

Leah ist empört: »Jetzt hören Sie aber mal auf!«

»Wieso?«, kontert die Verlegerin, »wir leben in einem freien Land. Hier kann jeder schreiben, was er will.«

»Okay. Sie haben recht, und Sie müssen ja wissen, was Sie verlegen. Aber die Kernaussage des letzten Abschnitts ist kompletter Unsinn.«

»Und ich dachte, es sei nur ein Gerücht, dass Ossis keine Kritik an ihrem Staat vertragen«, hält Isabell v. Hohenstein weiter dagegen. »Dass die Stasileute keine Saubermänner waren, haben wir doch eben aus Ihrem eigenen Mund gehört, Leah. Ich darf doch Leah sagen?« Sie wartet ihre Reaktion nicht ab. »Warum plötzlich diese Kehrtwende? Für wen oder was legen Sie noch immer die Hand ins Feuer?«

Leah stützt die Arme auf den Tisch und nimmt ihren Kopf in die Hände. Es geht einfach nicht, denkt sie, es ist sinnlos. Jeder Versuch, sich Wessis gegenüber verständlich zu machen, ist zum Scheitern verurteilt. Warum? Diese Tigerpelz-Lady ist ein Paradebeispiel für Aneinander-Vorbeireden, für die tiefen Gräben, die sich auftun, selbst wenn es nur um das Austarieren einfacher Begriffe geht.

»Ist Ihnen nicht gut?« fragt sehr diskret ihr freundlicher Tischnachbar Steffen Baum und neigt sich besorgt zu ihr.

»Danke!«, sagt Leah und schüttelt den Kopf. »Ich bin nur müde.«

»Ich würde da gerne noch was nachschieben«, sagt v. Hohenstein. Leahs Verbissenheit, immer auf der richtigen Seite gestanden zu haben, musste doch zu knacken sein. Die Verlegerin zieht ein weiteres Blatt aus ihrer Mappe hervor:

»Diesen Wahnsinn glaubt mir kein Mensch. Als ich mich vor den Freunden enttarnt hatte, freiwillig und von mir aus, von niemandem dazu gezwungen, weil ich nicht mehr konnte, weil meine Seele zerstört war, eröffnete mir mein Führungsoffizier, dass ich für ihn und die Genossen tot und mein Totenschein bereits unterschrieben sei. So schnell ging das. Von hundert Prozent Zuwendung runter auf null. Und ich stand da, völlig allein, auf einem kahlen Feld, im eisigen Wind und hatte niemand mehr. Und mir ging auf, dass alle in diesem mörderischen System gleichermaßen um ihr Leben kämpften. Sowohl die Opfer der Stasi als auch die Stasi selbst. Auch ich war Opfer. Aber mich haben sie nicht kleingekriegt, ich hab's kapiert und mich dekonspiriert. Ich bin sauber geblieben.«

Während v. Hohenstein noch vorliest, kommt Hans zurück in die Stube. Er zögert einen Moment, setzt sich dann aber wieder auf seinen Platz. Ulf Pörtner hat recht, ich muss unbedingt am Leid festhalten, damit das hier nicht schief geht. Wenn man aber so hört, was diese Verlegerin da vorliest, könnte man sich schon fragen, welches Leid gemeint ist.

Claudia nickt ihm anerkennend kurz zu: Bravo, dass Du wiedergekommen bist!

Christa Werne, Hans' Tischdame zur Linken, rutscht unruhig auf ihrem Stuhl hin und her. Will sie doch etwas sagen? Sollte er sie aufmuntern, oder war es besser, wenn sie schwieg. Ihm war nicht nach weiteren Enthüllungen zumute. In seine Überlegungen platzen der Wirt und seine Frau mit einer weiteren Runde Korn. »Und noch einmal!«

Was, verdammt, sollen diese Überraschungsnummern? Auf wessen Rechnung läuft das hier? Eben, draußen im Flur, beim Gang zur Toilette, hätte der Wirt ihn abpassen und ihn fragen können, ob ihm sein eigenmächtiges Eingreifen überhaupt recht ist. Hans sucht dessen Blick, merkt aber, dass dieser Mensch ihm bewusst ausweicht.

Christa Werne leckt sich den Rest Korn von den Lippen, dann platzt es aus ihr heraus, als sei ein Damm gebrochen: »Sie war eine Stasischlampe! Eine verdammte Stasischlampe!«

Alle schrecken hoch! Hans rückt ein Stück von ihr ab.

»Das habe ich ihr sogar einmal am helllichten Tag, auf offener Straße, nachgerufen. Und dann behaupten, sauber geblieben zu sein. Sowas von schamlos! Und ob ihr es glaubt oder nicht, danach ging's mir besser. Ich kann dich sehr gut verstehen, Leah, dass es dich wurmt, nicht wenigstens einmal zugeschlagen zu haben.«

Während der letzten halben Stunde hat Christa Werne einen inneren Kampf ausgefochten. Warum sollte sie, die Volksschullehrerin aus Potsdam, eigentlich länger schweigen und Gabriele Holm und die Herren von der ehemaligen Staatssicherheit schonen, wenn diese schon so blöd waren, hier aufzukreuzen. Sie hat niemanden mehr zu fürchten. Dieser Hans Gerechter ist ihr ein Rätsel. Wie konnte er nichts von Gabis Vergangenheit mitbekommen haben, wo sie sich Anfang der 1990er-Jahre sogar mehrfach öffentlich präsentierte und stolz behauptete, ein Paradebeispiel für Aufarbeitung des in der DDR begangenen Unrechts zu sein. »Und ich bin ganz deiner Meinung, Leah, die Wahrheit muss auf den Tisch, der Sumpf muss endlich trockengelegt werden.«

Isabell v. Hohenstein schreibt eifrig in ihr Notizheft, will etwas fragen, aber Kolbe schneidet ihr das Wort ab:

»Jetzt nehmen Sie mal den Mund nicht so voll, Fräulein Werne!« Es klingt, als ermahne er ein Schulmädchen. Wobei er das »Fräulein« provokant auskostet gegenüber einer Frau, die nicht verheiratet und, wie jeder in dieser Stube jetzt weiß, lesbisch ist. »Noch heute kann eine Stelle als Grundschullehrerin ganz schnell hops gehen, wenn herauskommt, mit wem Sie, zu DDR-Zeiten –«

Jetzt lacht Christa Werne hell auf. »Lassen Sie's gut sein, Herr Kolbe, auch diese Masche zieht nicht mehr. Und falls Sie's tatsächlich immer noch nicht kapiert haben, kommen Sie mal nach Potsdam, wenn ich mit meinen Schülern den Grenzweg gehe, und schauen Sie genau hin. Die Mauer, hinter der es Leuten wie Ihnen erlaubt war, ihr Unwesen zu treiben und Menschen wie Gabi zu Monstern zu trimmen – weg! Futsch! Der 156 km lange *Antiimperialistische Schutzwall,* der angeblich achtundzwanzig Jahre lang den Ausbruch eines Dritten Weltkriegs verhinderte, ist – übrigens die erste gemeinsame Tat ›*eines* Volkes‹, wie ich meinen Schülern immer ins Gedächtnis pauke – längst mit Hämmern und Pickeln, mit Baggern und schwerem Gerät zum Teufel gejagt. Was mich im Nachhinein wundert ist, dass Sie eine wie Gabi verpflichtet haben. Das war fahrlässig! Voll Psycho. Wahrscheinlich Borderline. Ich bin leider erst sehr spät dahintergekommen.

Die alte Frida knibbelt an ihrer Handtasche, zieht ein Blister hervor und drückt laut knisternd zwei Tabletten heraus. Claudia reicht ihr ihre Tasse, in der noch ein Rest Kaffee ist, und die Alte spült die Tabletten gierig hinunter.

»Ich sag euch eins«, Christa schaut in die Runde, »diese Frau war süchtig! Süchtig nach Liebe, konnte aber niemanden lieben, weil sie sich nur im Schmerz, den sie sich mit Messern selber zufügte, und der Überzeugung, von niemandem geliebt zu werden, wahrnahm. Schätzen Sie sich glücklich, Herr Gerechter, wenn Sie das nicht mitbekommen haben.«

Hans überlegt, ob er antworten soll, verwirft es aber. Das hat doch alles keinen Sinn, diese Menschen hier reden von einer Gabi, die er nicht kennt. Hier ist offenbar niemand bereit oder in der Lage, einem Menschen einen Sinneswandel zuzutrauen.

»Außerdem war sie alkoholabhängig«, sagt Christa, »wenigstens das müsst ihr doch gemerkt haben. Und ich frage mich ernsthaft, ob jemals irgendjemand überprüfte, ob das, was Cora Lanz ihrem Walter in die Tasten plapperte, der Wahrheit entsprach? Vielleicht hat sie nur Geschichten erzählt, um Verdacht auf jemanden zu lenken, oder um sich zu brüsten, delikate Informationen über ihn zu haben?«

Cora Lanz beißt sich auf die Lippen und bittet Isabell v. Hohenstein leise um ein Papiertaschentuch. »Danke.«

»Weiß einer von euch, ob es wahr ist, dass Gabi, bevor sie mich kennenlernte, zweimal verheiratet war, und dass ihr erster Mann sich das Leben nahm? Oder ist auch das nur ein Hirngespinst?«

Ist das wirklich eine Frage? Niemand antwortet.

Ernie Marlow drückt sich die Daumen für einen Bombenartikel: Weiter!, denkt er. Bitte erzähl weiter. Das ist alles so geil!

»Ob ihr es glaubt oder nicht«, Christa hat jetzt keine Hemmungen mehr, alles auszupacken, was die Neugier ihrer Zuhörer enorm anstachelt, »nicht mal im Suff hat sie sich verplappert. Ich hatte nicht die leiseste Ahnung von ihrem Job und ihrem Glauben daran, Baustein einer besseren Welt zu sein. Schweigen ist auch Verrat.« Sie überlegt, ob sie noch etwas vergessen hat. »Eure Kinder, Leah und Ulf! Wie hat sie mir von denen vorgeschwärmt. Die Nachmittage auf dem Spielplatz, ihr Lebenselixier! Ihr Halt in dieser Welt. Vielleicht wäre ich schon viel früher von ihr losgekommen, wenn sie nicht ständig damit gedroht hätte, sich umzubringen. Dafür wollte ich, weiß

Gott, nicht verantwortlich sein. Was sie in der *Königsheide* erleiden musste, legte sie wie Fangarme aus, umschlang ihre Opfer und würgte sie. Sie kannte nur Gewalt. IM zu sein, ist auch Gewalt.«

»Die Tür ist offen, Frau Werne«, Hans' Stimme vibriert, er hält diese Frau neben sich nicht mehr aus. »Sie können jederzeit gehen! Wenn ich gewusst hätte, was sie über Gabi denken, hätte ich Ihnen die Einladung erspart. Mir ist unbegreiflich, warum sie nicht auch Ihren Namen schwärzte.« Er merkt, dass er laut geworden ist. Eigentlich nicht seine Art. Aber weil niemand versteht, was er meint, verpuffen seine Worte.

Christa überlegt, ob sie Hans Gerechters Aufforderung nachkommen soll, beschließt aber, weil ihr gerade ein neuer Gedanke durch den Kopf geht, zu bleiben. »Vielleicht«, sagt sie, »hat Gabi mit dieser Einladung genau das beabsichtigt, was hier gerade passiert, Herr Gerechter, dass sich alle, die sie in ihr Leben verstrickte, in die Haare kriegen, sich ihre Meinungen um die Ohren hauen, und Ihnen auf die Weise die Wahrheit über sie zuteil wird, die sie Ihnen niemals hätte gestehen können, weil sie Ihnen das Herz gebrochen hätte.«

Hans schießen Tränen in die Augen, und Claudia steckt ihm blitzschnell ein Taschentuch zu. Christa Werne erschrickt, so hart hatte sie ihn nicht treffen wollen, und überlegt, wie sie die anderen ablenken kann. Ihr fällt eine Anekdote ein.

»Eines Nachts weckte mich ein Wimmern. Und als ich die Wohnungstür öffnete, lag sie da, zusammengerollt auf dem Boden, ein Häuflein Elend, nicht mehr fähig, den Kopf zu heben. Und erst dann hörte ich, dass es kein Wimmern war, sondern dass sie sang: *»Suche, Seele, suche –«*

Einer von den Zaungästen springt auf und fuchtelt begeistert mit den Händen in der Luft herum: »Pannach und Kunert! Ich glaub's nicht, det is so geil!« Er singt: *»Ob im Süden oder Norden, nirgends bist du froh geworden«*, stoppt und lacht: »Det ham die geschrieben, nachdem unsere Staatsorgane sie dem Biermann nachgeschmissen hatten.« Er singt weiter, und andere von den Zaungästen stimmen lauthals mit ein: *»Suche Seele, suche!«*

»Aufhören!« Die alte Göhrde rammt ihren Stock heftig auf den Boden, was aber keinen der Männer davon abhält, das Lied zu Ende zu singen.

»Such nur, kannst doch nichts finden, siehst doch nur das Glück von hinten. Fluche, Seele, fluche!«

Hans wendet sich hilfesuchend an Claudia, und sie beruhigt ihn: »Det kannste als Wessi nich verstehen. Pannach und Kunert sind Ikonen der DDR, mit ihren Songs sind wir aufgewachsen.«

Die Sänger verstummen, auch die anderen scheinen dem Text noch für einen Moment nachzusinnen. Der Wirt schaut kurz herein, wohl um sicherzugehen, dass hier alles in Ordnung ist. Selbstverständlich kennt auch er diesen Text, aber auf einem Leichenschmaus wurde er noch nie angestimmt.

»Ich hab das Elendsbündel in die Wohnung gezogen, und es einfach im Flur liegen lassen. Keiner von euch kann sich vorstellen, wie zermürbend dieses jahrelange Hin- und Hergerissen-Sein zwischen Mitleid und Wut war.« Christa macht eine lange Pause, und Hans hofft, endlich erlöst zu sein. Offenbar zu früh. »Und noch was«, hört er Christas Stimme neben sich, »was wahrscheinlich keiner von euch weiß. Mit achtzehn ließ sie eine Abtreibung machen. Der Vater des Kindes war ihr Halbbruder.«

Frieda Holm schüttelt ein Hustenanfall. Oder tut sie nur so? Sicherheitshalber klopft Claudia ihr kräftig den Rücken ab und zieht wieder das Taschentuch aus ihrer Handtasche, um der Alten den Mund abzuwischen. Aus den Augenwinkeln beobachtet sie Hans. Er ist bleich. Wird er durchhalten?

»Sogar neu für die Herren Kolbe und Böhm?« Die Ironie in Christas Frage ist schneidend.

Hans spürt einen gewaltigen Zorn in sich hochkommen. Wieso eigentlich soll er hier das Opferlamm geben? Diese Scheiß-DDR! Nicht seine Sache. Haut doch alle ab, ihr habt sie eh nicht mehr alle! »Ich habe Gabriele geliebt! Vergesst das nicht«, sagt er laut, und Claudia legt ihre Hand auf seinen Arm.

Aber Christas Frage hat Kolbe angefixt. Das kann er nicht so stehen lassen, außerdem ist er es leid, von dieser Frau vorgeführt zu werden: »Hört, hört, was die kleine Lehrerin der ehemaligen POS ›Krupskaja‹ vom Prenzlauer Berg alles weiß. Wobei sie verschweigt, dass sie durch ihre Partnerin Leute kennenlernte, sogar aus dem Westen, nach denen sich die Bürger der DDR die Finger ableckten. Sie selbst war nur ein ganz und gar unbedeutendes Würmchen. Wenn es nur solche wie Sie gegeben hätte, Frau Werne, wäre die DDR niemals vierzig Jahre alt geworden.«

»Was ja nicht unbedingt ein Schaden gewesen wäre«, springt Steffen Baum dazwischen. »Die Schnappatmung vor dem Zusammenbruch knapp einen Monat nach der Jubelfeier, war jedenfalls bis weit in den Westen vernehmbar.«

»Liebe Leute«, Isabell v. Hohenstein schickt die roten Fingernägel durch ihre blonde Mähne und versucht es mit einem Lächeln, »jetzt mal ehrlich. War dieser 7. Oktober 1989 nicht wahnsinnig komisch? Wisst ihr, was ich meine? Im Palast der Republik bogen sich die Tische, die Kellnerinnen servierten Platten mit Hummer-Dekorationen, wie sie sie vorher noch nie gesehen hatten, und draußen auf dem Alex skandierte die Menge: *Gorbi!, Gorbi*! Der allerdings verließ nach dem Genuss von Zuchtwachtelbrüstchen auf Maispüree gemeinsam mit seiner Raissa Maximowna den Saal, ohne den Supernachtisch zu probieren, dem der Koch sinnigerweise den Namen *Surprise* gegeben hatte.« Niemand lacht. Isabell v. Hohenstein räuspert sich. »Pardon, war das jetzt zu flapsig für Ost-Ohren? Ich weiß nicht, Leute, aber irgendwie fehlt es euch an Humor. Auch auf einer Trauerfeier darf doch mal gelacht werden. Oder wie sehen Sie das, Herr Pfarrer?«

Weil Konrad Mantel nichts sagt, greift Ulf Pörtner ein: »Wahrscheinlich haben uns die Knüppel der Volkspolizisten den Humor ausgetrieben. Wir waren an jenem Abend nämlich vor Ort, das heißt auf dem Platz, Frau v. Hohenstein. Wissen Sie, was SPW hieß?« Er wartet ihre Antwort nicht ab, weil er weiß, dass sie es nicht weiß. »Schützenpanzerwagen. Hunderte davon fuhren an diesem Abend in den Seitenstraßen um den Alex auf.«

Isabell v. Hohenstein blickt ratlos in die Runde. Man kann diese Leute nicht einschätzen. Sie haben viel durchgemacht, ohne Frage, aber die Welt hat sich weitergedreht, und alle haben ihren Platz in der für sie schon längst nicht mehr neuen Gesellschaft gefunden. »Wollt ihr wirklich euer Leben lang Opfer sein«, fragt sie.

»Andersherum wird ein Schuh draus, Frau v. Hohenstein.« Leah nimmt das »Angebot«, sie beim Vornamen zu nennen, nicht auf. »Wir wollen als Täter anerkannt werden. Das müsst ihr im Westen endlich mal kapieren. Die Revolution waren wir!«

An dieser Stelle hätte Hans aufstehen und dieses Zusammentreffen beenden können. Es wäre der passende Moment gewesen, alles war gesagt, und es hätte ein gutes Ende nehmen können. Aber er ist nicht der Mann, der im entscheidenden Augenblick die Initiative ergreift und außerdem jetzt viel zu gebeutelt, um in irgendeiner Weise handeln zu können.

Isabell v. Hohenstein will die Situation retten, indem sie wieder die Verstorbene zu Wort kommen lässt. »Ich hab noch einen Absatz für euch.« Hastig blättert sie in ihrer Mappe, ein paar Zettel fallen zu Boden. Für einen Moment überlegt Konrad Mantel, ob er aufspringen und ihr helfen soll, verwirft diese Idee aber rasch, weil einige der Zettel unten den Tisch segeln, und ein Vierfüßler-Stand bei seinem Umfang nicht mehr zu realisieren ist.

»Wen interessiert das noch?«, braust Böhm auf.

»Mich!« Ernie Marlow ist sich bewusst, wie frech es von ihm ist, in den *Inner Circle* zu springen. Aber das muss jetzt sein.

»Darf ich fragen, wer Sie sind?« Isabell v. Hohenstein will durch Zuwendung Punkte sammeln.

»Ich bin Ernie Marlow, Journalist, und habe großes Interesse an diesem Buch.«

»Das freut mich. Lassen Sie uns im Anschluss kurz darüber reden, ja?« Isabell v. Hohenstein hat das gesuchte Blatt gefunden und liest vor.

»*Ein Staat, der auf die niederen Instinkte seiner Bürger baut, ja nennen wir es ruhig mal so, ist dem Untergang geweiht. Aber das zu erkennen, ist ein Entwicklungsprozess, der viele Jahre braucht. Am Anfang war ich gläubig! Es gab mal eine Zeit, in der propagierten kirchliche Oberhäupter sogar eine Inquisition für Recht. In der DDR wurde niemand öffentlich verbrannt, keine glänzenden Augen verfolgten derlei Spektakel, niemand bekreuzigte sich und sandte Gebete zum Himmel, die die Schöpfung priesen. Das Schuldbewusstsein ist ein hohes Gut, in dessen Besitz nur wenige gelangen. Denn darauf folgt unweigerlich, alles Gelebte, Gesagte, sämtliche Taten zu bereuen, was so viel hieße, sich selbst zu negieren, das gesamte Leben wegzubrechen, nackt und allein am Abgrund zu stehen. Und wer möchte das schon, nackt dastehen?*

Das mal zum Thema Reue. Sie sprachen doch vorhin davon, Leah. Gabriele hat sich durchaus Gedanken darüber gemacht. Sie war nicht kalt.«

Claudia reicht es jetzt. Sie greift sich das Messer und kratzt damit über das leere Kuchenblech, ein schauderhaftes Geräusch, das bis in Mutter Holms taube Ohren dringt, von ihr allerdings als Alarmsignal gedeutet wird. Mit schreckgeweiteten Augen fährt sie hoch. »Sind sie jetzt da?«

»Wer?«, fragt Claudia.

»Die Russen!«

Alle feixen.

»Spring vom Dach, schrie meine Großmutter, hinterher tust du es sowieso. Ich hab's aber nich jetan.«

»Allet jut, Frida!« Claudia versucht, sie zu beruhigen.

»Und wat hatte ich davon? Neun Monate später 'ne Göre«, nuschelt die Alte.

»Allet jut.« Claudia redet weiter auf sie ein, um das, was nur sie eben gehört hat, zu überspielen. »Du bist auf der Beerdigung deiner Tochter in Bernau, niemand will dir wat, kein einziger Russe in Sicht, alles nur nette Leute.« Es stimmte also, was Claudia vermutet hatte, Gabis Vater war ein Russe.

Die Alte fingert ungeduldig an ihrer Handtasche herum und zieht wieder ihr Taschentuch hervor. »Dann ist ja endlich unsere ganze Familie unterm Rasen.« Sie schnäuzt sich so laut, dass alle erschrecken.

»Fast, Frida«, meint Claudia trocken.

»In der steckt aber noch Leben drin«, bemerkt einer der Lederjacken, und an seiner Stimme ist zu hören, dass der Alkohol seine Wirkung tut.

Ein Grund für Hans, aufzustehen und dem Wirt entschlossen entgegenzutreten, als er ihn mit einer weiteren Runde Korn zur Tür hereinkommen sieht. Was allerdings ein Aufheulen der Gäste zur Folge hat:

»Nu mal nicht so knauserig, Herr Gerechter, jetzt wird's doch gerade gemütlich.«

Geschlagen gibt Hans den Weg frei und verfolgt mit Unbehagen, dass auch seine Tischgäste fröhlich zugreifen.

»Gibt's noch Kuchen?«, quengelt Frida, und Claudia ermahnt sie, dass sie sich bereits ein zweites Stück gemopst hat. Ringsum erneutes Feixen. Frida lässt sich nicht einschüchtern. »Nicht, dass ihr denkt, ich krieg nix mehr mit«, lamentiert sie, wobei ihre Zunge ständig über ihre Lippen fährt. »Ich bin ja nicht plemplem, bloß weil die Beine nicht mehr laufen. Der Sarg, Herr Gerechter, hatte die falsche Farbe, meine Tochter hatte sich schon als Kind himmelblau gewünscht. Warum haben Sie ihren letzten Willen nicht erfüllt?« Ihre stechenden Augen fixieren ihn.

Hans ist fassungslos. Was soll denn das jetzt? Und wieso schon als Kind? Särge sind sein lukratives Nebengeschäft, aber himmelblau hat sich noch niemand bestellt. Vorhin, als er den Grabplatz verließ, hatte er auf dem Aushub eine kleine bunte Katze aus Ton registriert. Das war okay. Gabi mochte Katzen. Aber einen blauen Sarg?

»Welche Farbe hat eigentlich Verrat …«, fragt Leah, ohne dass es eine Frage ist.

»Gelb«, sagt Christa Werne wie aus der Pistole geschossen. »Jeder Verrat ist gelb.«

Dies ist der Moment für Konrad Mantel, sich erneut in die Unterhaltung einzuklinken. So einer Frage möchte er keinen Raum gönnen: »Was für eine schöne Idee, sich vorzustellen, man werde nach dem Tod in den Himmel gelegt. Das hat doch etwas ungemein Tröstliches. Warum hat mir niemand etwas von diesem Wunsch gesagt? Ich hätte ihn gern als Motiv in meine Ansprache aufgenommen, und –«

»Das hätte niemanden getröstet, Herr Pfarrer«, fällt ihm Leah ins Wort. »Ich weiß nicht, welche Weltordnung es zulässt, jemandem, der jahrelang seine Freunde verrät, Hoffnung zu machen, ihm stünde, über den Tod hinaus, ein Wunsch frei. Das ist völlig absurd und genau das Problem. Gabi hat nie kapiert, was sie angerichtet hat. Ich bleibe dabei, Frau v. Hohenstein. Egal, was auf ihren Zetteln steht.«

»Vergebung ist Christenpflicht«, legt Konrad Mantel nach, sanft, aber bestimmt.

»Ich bin kein Christ.« Leah erschrickt selbst über ihre Worte. Aber sie hat dieses pastorale Gelaber satt. Zu viel in der Art hat sie sich während der Fürbitten, Andachten und Mahnwachen anhören müssen, die ihre Gruppe in diversen Kirchen Ostberlins abhielt, zuletzt, während der heißen Phase im Herbst 89, sogar wöchentlich. Und auch wenn diese Aktionen die Freilassung etlicher inhaftierter Freundinnen bewirkt und wesentlich zur Stabilisierung des Protests in der gesamten DDR beigetragen hatten, ist sie keine Gläubige geworden. »Machen Sie sich mal schlau darüber, Herr Pfarrer, was damals wirklich Sache war. Es lohnt sich. Wir, die den demokratischen Sozialismus wollten und sowohl die Gängelung der alten Herren im Politbüro als auch die ständige Überwachung der Stasi satthatten, suchten Unterschlupf in Kirchen, weil es in der DDR keine anderen Orte für eine freie Meinungsäußerung gab. Aber nicht, weil wir uns von dort neue Heilsversprechen erhofften. Von denen hatten wir wirklich genug! In den Gotteshäusern wurde unser Protest ›erwachsen‹, von dort aus trugen wir ihn auf die Straße, Hunderte, bald Tausende schlossen sich an. Die Glocken läuteten nicht zum Halleluja, sondern Sturm – eine neue Zeit brach an. Ob der Wille des Volkes auch der Wille Gottes war, werden wir nie ergründen, genauso wenig, welche Pflichten er mir auferlegt. Sie können von Glück sagen, in dem Teil Deutschlands aufgewachsen zu sein, der seine Bürger nicht wie Leibeigene behandelte, und wo Sie keine Kirche aufsuchen mussten, um ihre Meinung zu sagen.«

Warum greift der Pfarrer nicht ein? Kapiert er nicht, was Leah sagt? Schon in der Kapelle hat sich Ulf Pörtner gefragt, ob ein christliches Begräbnis tatsächlich Gabis Wunsch war. Denn wenn sie auch noch einen Gott – und nicht nur ihre ehemaligen Freunde – als Richter ihrer Taten hätte annehmen müssen, wäre es für sie ganz schön dicke gekommen.

Sogar den Lederjacken scheint der Zündstoff ausgegangen zu sein. Haben Leahs Worte wunde Punkte berührt, oder lauern sie auf eine Schwachstelle?

»Vielleicht«, überlegt Leah laut, »wären wir vor der Akteneinsicht, für die wir so hart gekämpft haben, zurückgeschreckt, wenn wir das Ausmaß dessen geahnt hätten, was da zu Tage kam. Und vielleicht wäre es besser gewesen, manches, was einen ganz persönlich betrifft, nie zu erfahren.« Sie starrt vor sich auf die Tischdecke, die inzwischen ziemlich fleckig ist. »Zu lesen, dass Mütter ihre eigenen Söhne ans Messer lieferten, dass Ehepaare sich gegenseitig die Betten verwanzten, dass Jugendliche in Werkhöfen grausam gebrochen wurden, kann einen in den Wahnsinn treiben. Und wie viele Namen von angeblich honorigen Persönlichkeiten uns da als Täter entgegensprangen! Das hat die Befähigung, Vertrauen zu fassen, für immer zerstört.«

Welche Teufel, verdammt, haben ihr Unwesen getrieben in diesem Land?, fragt sich Hans. Und wieso muss ausgerechnet er, hier und heute, Zeuge dessen werden, dass die vielen Wunden noch lange nicht verheilt sind. Siebzehn Jahre haben nicht ausgereicht.

»Das Gute an dem blindwütigen und nimmersatten An-Sich-Raffen und Aufhäufen angeblichen Beweismaterials war«, Leah lächelt sogar, »dass manche, für immer verloren geglaubten persönlichen Dinge wieder zum Vorschein kamen. Zum Beispiel Tagebücher, archiviert als *Operative Vorgänge*. Dass schmerzlich vermisste Gedichte ihren Schöpfern zurückgegeben werden konnten, dass Fotos von Kindern wieder auftauchten, letzte Fetzen Heimat, die dem Gefangenen bei Haftantritt abgenommen wurden. Könnte man nicht schreien, wenn man sich vorstellt, dass dieses ganze Konstrukt von Überwachung und Verrat, von Willkür und Gewalt nur funktionierte, weil Menschen bereit waren, sich sogar dazu verpflichteten, mitzutun? War Gabi naiv oder korrupt. Gab ihr die Macht, die sie über uns hatte, einen Kick? Was empfand sie, wenn sie an unseren Versammlungen teilnahm und jedes Wort mit Hilfe eines in ihrer Federtasche installierten Mikrofons an die Genossen – die ein paar Straßen weiter in ihrem Auto saßen – übermittelte? Warum wählte sie ausgerechnet *Glasnost* als Codewort, warum ausgerechnet Cora Lanz als Decknamen? Was fühlte sie, wenn sie uns und unsere Kinder fotografierte, mit dem Fotoapparat, den ihr die Genossen gaben?« Leah lässt Kolbe und Böhm nicht aus den Augen. »Wenn sie kleine Beiträge für Ulfs *Samisdat* schrieb, wenn sie Eingaben und Appelle mit ihrem Namen unterzeichnete und sogar, als angeblich ›Oppositionelle‹ mit West-Journalisten telefonierte?«

»Lass stecken«, versucht Christa sie zu beruhigen, aber Leah hat noch einiges zu sagen:

»Nach dem Fall der Mauer, in diesem Chaos vor den ersten freien Wahlen, tauchte Gabi plötzlich wieder auf und fragte, ob sie nicht bei uns mitmachen könne.«

Ulf Pörtner wirft die kleine Kuchengabel auf den Teller. Es scheppert laut. »Was? Und ich wurde nicht mal zur Gründungssitzung eingeladen.«

»Für einen Charakter wie Gabriele Holm passte es fraglos zusammen, jahrelang IM und dann ein Mitglied des *Neuen Forums* zu sein«, beendet Leah ihre Überlegungen.

»Wenn Sie erlauben, Herr Pörtner«, klinkt sich Steffen Baum ein, »Ihre Ausladung wundert mich nicht. Demzufolge, was ich hier heute Nachmittag hörte, gab es auch im politischen Untergrund der DDR erhebliche Rivalitäten. Auch bei unseren strammen 68ern ging es diesbezüglich ziemlich krude zu. Was die Frauen da berichtet haben. Von wegen Gleichberechtigung und –«

Ernie Marlow schiebt Baum mit einer Handbewegung beiseite und fragt bei Ulf Pörtner nach: »Sie wurden ausgeladen? Echt jetzt?«

»Nein, ich wurde gar nicht eingeladen.«

»Ihr hättet dringend 'ne Supervision gebraucht«, meint Steffen Baum.

Ulf ärgert sich. Was quatschen diese Idioten? Was soll dieses ganze Ost-West Gefasel überhaupt? Es ist doch alles längst vorbei. Er blickt sich um und überlegt, wie er sich am besten aus dem Staub machen kann.

»Als letztes les' ich euch noch den Absatz, den sich Gabi als Schlussbemerkung wünschte.« Isabell v. Hohenstein spürt, dass die Aufmerksamkeit an ihre Grenzen kommt. »Ich denke, dass ist auch für die eben von Ihnen noch angeschnittene Fragestellung interessant, Leah.

Ich möchte abschließen: So etwas passiert eben, wenn man einer Glaubensgemeinschaft anheimfällt, die einem das Hirn verplombt, wodurch Moral und gesunder Menschenverstand, die normalerweise eigenes Handeln selbstregulativ steuern, ausgehebelt sind. Wer verrät denn seine Partnerin? Nur jemand, dem man eingetrichtert hat, dass es richtig und notwendig ist, weil für eine gute Sache. Das Himmelreich. Das tausendjährige Reich. Den Sozialismus. Oder welchen Namen man dieser angeblich ›gute Sache‹ auch geben mag.«

Stille. Es scheint, als seien diese Worte wie ein schwerer Stein in tiefes Wasser geplumpst. Die Ringe bewegen sich auf jeden in der Gaststube zu. Die Lederjacken blicken sich an. Allmählich Zeit, zu gehen?

»In diesem elenden Fernsehinterview hat Gabi behauptet, sie wäre, wenn sie auch nur im Ansatz geahnt hätte, was ihre Firma alles anrichtete, mit dem Kopf gegen die Mauer gerannt –«

»Aufhören!«, schreit Mutter Holm. »Aufhören!«

» – das aber war auch nur eine ihrer hellstrahlenden Lügen!«, beendet Leah ihren Satz. Ihre Stimme klingt sehr müde.

»Hellstrahlend!«, wiederholt eine bisher nicht gehörte warme Stimme. Alle horchen auf. Der junge Mann im blauen Anzug erhebt sich, schließt den mittleren Knopf seines Jacketts und tritt, ehe er weiterspricht, einen Schritt von dem kleinen Tisch zurück, an dem er mit Ernie Marlow und der alten Göhrde saß. »Ein ungewöhnliches Wort, Leah.«

Wieso nennt er mich bei meinem Vornamen? Leah stutzt.

»Wer sind Sie denn, Sie Jungschnösel?«, schnauzt Kolbe, und es klingt, als erwarte er, dass der Angesprochene augenblicklich strammsteht.

Der Mann verneigt sich leicht in Kolbes Richtung und schlägt einen völlig anderen Ton an: »Wenn Sie mich so freundlich fragen: Mein Name ist Jakob. Jakob Kreuzer. Und falls auch mein Beruf von Interesse sein sollte, ich bin Kinderpsychologe an der Charité.«

Hans kommt es so vor, als schieße dieser Name wie ein Pfeil durch die Gaststube. Zogen manche die Köpfe ein? Verstand nur er mal wieder nichts? Aber auch Isabell v. Hohenstein scheint verunsichert zu sein. Hans fühlt kalten Schweiß an seinem Hals. »Darf ich fragen, in welchem Verhältnis Sie zu Gabi standen? Es tut mir leid, aber ich habe Ihren Namen noch nie gehört.«

Stille. Kein Knacken, kein Rascheln.

Leah atmet tief durch. Jakob Kreuzer! Kein Wunder, dass sein Blick ihr bekannt vorkommt. Dieser damals so schüchterne Junge, den seine Mutter oft zu Versammlungen mitbrachte, herangewachsen zu einem souverän und selbstbewusst auftretenden Mann – und dass, obwohl ihn das schlimmste nur denkbare Schicksal ereilte, dass die Handlanger eines Unrechtsstaates dessen Bürgern zumuteten –, hier in dieser Gaststube. Konfrontiert mit der gutherzigen Ahnungslosigkeit des Tischlers Hans Gerechter, der im Laufe dieses späten Nachmittags wohl wenigstens eine Ahnung davon bekommen hatte, welche Schleppe diese angeblich von allen Freunden verlassene Seele ihm in sein Haus zog. Es war eben nicht so, wie sie es sich immer wünschte, dass das Böse einen Geruch verströmt, unerträglich für andere. So, wie Menschen, die Fisch verarbeiten, diesen Geruch weder durch Seife noch einer anderen Form der Reinigung loswerden. Nein! Das Böse konnte sogar geliebt werden.

»Herr Kreuzer?« Am liebsten würde Hans dem jungen Mann einen kleinen Stups gegeben, um endlich eine Antwort auf seine Frage zu bekommen. Doch Jakob Kreuzer lässt auf sich warten. Er muss erst damit klarkommen, ausgerechnet in dieser Runde einen Menschen vor sich zu haben, dem sein Name offenbar nichts sagt. Schon bald nach Öffnung der Stasi-Akten war die Geschichte seiner Mutter, der Ärztin und Bürgerrechtlerin Ilona Kreuzer, durch die Medien gegangen, die sich, von den Zersetzungsmaßnahmen der Staatssicherheit in den Wahnsinn getrieben, 1988 das Leben nahm und ihren damals zwölfjährigen Sohn zurückließ, der daraufhin in ein Waisenheim kam. Zunächst war sein Name nicht genannt worden, später konnte man ihn, wie auch den Namen seiner Mutter, vollständig lesen.

»Wann und bei welcher Gelegenheit sich eine Person, Deckname Cora Lanz, bei uns einschlich, kann ich leider nicht mehr sagen, verehrter Herr Gerechter. Aus meiner Akte, die ich Anfang 2000 las, weiß ich, dass sie gemäß der *Richtlinie 1/176* agierte, *geeignete Anknüpfungspunkte wie vorhandene Widersprüche, Differenzen,* oder sogenannte *Kompromate* erschnüffelte, wodurch die Zersetzung meiner Mutter zügiger vorankam.«

Besorgte Blicke treffen den jungen Mann. Wie er dasteht, versponnen in seine Erinnerungen, die nur Wenige nachvollziehen können.

»Etwa ein halbes Jahr nach dem Fall der Mauer, sah ich diese Person wieder. Im Fernsehen. Wirklich und leibhaftig! Sie saß vor einer Bücherwand und redete in einer, mich, einen inzwischen Vierzehnjährigen, komplett überrollenden Art. Es war dieses, hier schon mehrfach erwähnte, Interview. Niemand stoppte sie, niemand griff sie an. Im Gegenteil! Die beiden Journalisten brachten ihr großes Interesse, ja sogar Mitgefühl entgegen. Die Eltern des Freundes, bei dem ich zu Besuch war, und mit denen gemeinsam ich dieses Interview verfolgte, erklärten mir, es handele sich hier um eine echte Sensation. Noch nie habe jemand vor laufender Kamera zugegeben, bei der »Firma« gewesen zu sein und Interna des MfS ausgeplaudert, wodurch Honeckers Unterschrift unter der Schlussakte der KSZE-Konferenz 1975 in Helsinki, samt seinen Versprechungen, auch in der DDR die allgemeinen Menschenrechte zu wahren, als reine Farce entlarvt sei. Während der letzten Sätze, liefen ihr Tränen über die Wangen. Sie sei stolz, zur Aufarbeitung beizutragen, denn diese sei unverzichtbar. Dann folgten noch ein paar sehr, sehr eigenartige Sätze, die vielleicht auch einige von euch in

Erinnerung haben? Seitdem sie sich geoutet habe, gehe es ihr viel besser, sie könne viel freier atmen, habe nicht mehr so oft Kopfschmerzen und laufe aufrechter durchs Leben. Wenn sie bestimmten Leuten begegne, besonders aufrecht. Sie müsse sich vor niemandem mehr verstecken. Wenn ihr jemand ›Stasischlampe‹ nachriefe, tangiere sie das nicht mehr.« Jakob Kreuzer blickt in die Runde. »Sie schien mit sich im Reinen.«

Leah hat wieder diese Horde Kinder vor sich, die während der Versammlungen und Debatten in den Hinterhöfen herumtollte und bei den Friedenswerkstätten um die Stände wuselte. Mittendrin Jakob. Ilonas Tod war für alle ein Schock, und dass sie, Leah, nichts gegen Jakobs Heimeinweisung hatte unternehmen können, nagte lange an ihr. Nach den Veranstaltungen kamen Gabi und Christa oft noch mit zu ihr nach Hause, sie tranken Tee und wälzten Probleme. Ihre politische Arbeit bestimmte ihr Leben rund um die Uhr. Hatten auch ihre Söhne darunter gelitten? War es ein Versäumnis, sie nie danach gefragt zu haben? Vielleicht wäre dann alles anders gekommen?

»Es hat ein paar Jahre gedauert, bis auch andere den Mut fanden oder die Chuzpe hatten, ihre Stasi-Vergangenheit öffentlich zu machen.« Leah hört Jakobs Stimme. »Eine Frau sprach davon, sich selbst nicht mehr als wert zu erachten, am Leben teilzunehmen. Wie ich von ihrer Tochter hörte, brachte sie sich geraume Zeit später um. Das Video, das ihr Geständnis dokumentiert, hatte sie – damit andere ihr nicht zuvorkamen – ihren Kindern zwar selbst vorgeführt, aber anschließend kein einziges Wort mit ihnen darüber geredet. Mehr Entblößung ging nicht. Gabriele Holm hingegen offenbarte mit leuchtenden Augen, dass es für sie nichts Schöneres hätte geben können, als ›Kundschafterin des Friedens‹ geworden zu sein. Schon als Kind habe sie es geliebt, sich heimlich und unerkannt durch die Reihen anderer zu schleichen. Die Stasi als Abenteuerspielplatz? Als ich erwachsen war, habe ich mir dieses Interview noch viele Male angesehen, um herauszufinden, wer da eigentlich sprach. Eine Böse, eine zu Bemitleidende, eine Lügnerin, eine Angeberin, eine Schauspielerin – oder eine Kranke. Wahrscheinlich alles. Und Sie, Herr Gerechter, haben offenbar eine weitere Seite ihres Wesens entdeckt.«

Hans schluckt, versteht ihn endlich einer?

»Was mich aber beschäftigt«, führt Jakob seinen Gedankengang weiter fort, »warum wurden die Berichte der IM Cora Lanz – wann meine Mutter täglich das Haus verließ, wann sie zurückkehrte, an welchen Versammlungen sie teilnahm, welche Bücher sie las –, nie als Straftat gewürdigt und entsprechende Maßnahmen gegen die Schreiberin eingeleitet? Mal ganz abgesehen von ihrem verräterischen Hinweis, der zur Verhaftung meiner Mutter führte. Sprach ihr Geständnis gegenüber Journalisten einer Westdeutschen Fernsehanstalt sie frei? Für mich nicht akzeptabel, zumal es ja offenbar strittig ist, ob ihr Geständnis tatsächlich ein Geständnis oder vielleicht nur eine ihrer hellstrahlenden Lügen war.«

War er endlich fertig? Die Lederjacken werden unruhig. Aber Jakob Kreuzer hat noch mehr im Köcher. Vielleicht jahrelang stumm mit sich herumgetragen und für eine Gelegenheit wie diese aufbewahrt? »Fakt ist, dass ihre Genossen aufgrund dieser Berichte, ihre Zeitfenster zimmerten, in denen sie ungestört in die Wohnung ihrer ›Zielperson‹ eindrangen und ihr teuflisches Handwerk verrichteten: Bilder umhängten, Teesorten auswechselten, eine Plastikobstschale unter dem Bett des Sohnes versteckten, Uhren verstellten –«

»Jakob?« Leah versucht, ihn zu stoppen, aber da ist nichts zu machen.

»– Blumentöpfe auf dem Fensterbrett neu arrangierten. Meine Mutter war zunächst nur leicht irritiert, so etwas gab es nicht, so etwas konnte gar nicht sein. Doch schon bald erwuchs aus dieser Verunsicherung Angst, die sich in unser Leben fraß. Auch ich litt massiv unter Angststörungen. Ganz nach Ihren Plänen, meine Herren.« Er wendet sich an die Lederjacken. »Die Seelenlage des anderen war Ihre größte Angriffsfläche, und heute weiß ich, dass diffuse Bedrohungen die wirksamsten sind. Auf die Weise war die Staatssicherheit immer da, auch wenn sie nicht da war. Der nächste Schritt: Meine Mutter erzählte ihren Kollegen davon – und fing sich schräge Blicke ein. Sie zweifelte an der Wirklichkeit, und die anderen fingen an, an ihr zu zweifeln.«

»So eine Scheiße!« Leah schlägt mit der flachen Hand auf den Tisch. Genau das sei auch ihr passiert. Keiner der Freunde habe ihren Verdacht ernst genommen, den sie aufgrund der Tatsache schöpfte, dass auf der Rückseite eines von Gabi bei einer Versammlung aufgenommenen und wie üblich auch von ihr selbst entwickelten Fotos, der Name einer männlichen Person mit Bleistift notiert war – der Person, die man auf dem Foto nur von hinten sah. Und weil es just von diesem Foto zwei Abzüge gab.

Jakob Kreuzer schaut sie lange an. »Du hast es überlebt, Leah. Wie es bei meiner Mutter weiterging, möchte ich euch erzählen.«

»Ihr vergesst«, poltert Böhm dazwischen. »dass wir lediglich ausführende Organe der Befehle waren, die von oben kamen. Wir waren nicht verantwortlich für diese Maßnahmen.«

»Solche Rechtfertigungen, Herr Böhm, kennen wir zur Genüge aus einer anderen Zeit, und ich denke, Sie wären gut beraten, nicht auch noch an sie zu erinnern«, entgegnet ihm Jakob. »Jedenfalls wurden, Dank der auch in der Charité aktiven IMs, Diagnosen, die meine Mutter stellte, zunehmend in Zweifel gezogen. Der Chef bat sie zu einem Gespräch unter vier Augen und erkundigte sich, ob nicht auch ihr aufgefallen sei, dass Sie in der letzten Zeit ..., und ob sie nicht lieber ... Sie verlor ihre Stelle.« Jakob Kreuzer macht eine kurze Pause, als wolle er seinen Zuhörern Zeit geben, die Tragweite dessen zu erfassen, was sie soeben gehört hatten. »Im August 1988 wurde sie – Dank sachdienlicher Hinweise der IM Cora Lanz – beim Verteilen von Flugblättern verhaftet. *Boykotthetze* nannte sich das. Irgendjemand kam zu mir und berichtete, was passiert war. Ich saß Zuhause und wartete. Eine Nacht, zwei Nächte, ich weiß es nicht mehr. Ich aß nichts, ich trank nichts, ich wartete auf meine Mutter. Am Abend des 26. August klingelte es, ich rannte zur Tür und fragte, wer da sei. Meine Mutter besaß ja einen Schlüssel. Eine Kollegin meiner Mutter nannte ihren Namen, huschte, als ich die Tür öffnete, in unseren Flur und flüsterte mir zu: Deine Mutter ist tot! Sie ist aus einem Fenster der Charité gesprungen. Das dürfte ich aber nicht wissen und vor allem niemandem verraten, von wem ich es erfahren habe. Das müsse ich ihr in die Hand versprechen. Ich versprachs.« Jakob ruckelt an seinem Schlipsknoten, als ob es etwas gäbe, was in Ordnung gebracht werden müsse. »Selbstmord war in den 1980er-Jahren in der DDR ein Tabu. Später habe ich darüber geforscht und mir eines Tages auch die Akte *Cora Lanz* bestellt. Den kleinen Rest, der davon übrig ist. Irgendeiner ihrer Vorgesetzten hat sich ihrer erbarmt, oder Spuren getilgt, die möglicherweise zu ihm selbst führen.«

»Kann man die Reste noch einsehen?«, will Isabell v. Hohenstein wissen.

»Fragen Sie nach.« Jakob zieht ein Taschentuch hervor und wischt sich über die Stirn. »Die Idee, hierher zu kommen, kam mir übrigens ganz spontan, als Sie, Frau Lanz, in der Friedhofskapelle den kleinen Zettel, den Herr Gerechter ihnen zusteckte, dicht vor ihre Augen hielten, sodass ich ihn von meinem Platz aus, eine Reihe hinter Ihnen, lesen konnte.«

Cora Lanz starrt ihn an. So oft hat sie ihren Namen an diesem Nachmittag schon gehört, ohne auch nur ein einziges Mal persönlich gemeint zu sein. Und plötzlich spricht dieser Mann sie an? Endlich die Gelegenheit, hier vorzubringen, was Gabi und sie als junge Mädchen in der *Königsheide* durchmachten? Miriam, die Freundin in dem Tagebuch, gab es ja nur auf dem Papier. Doch ihr,

Cora, warf Gabi sich jedes Mal an den Hals, wenn sie von den Großeltern zurückkam, und weinte Tränenbäche. Aber ehe Cora sich traut, sind Jakob Kreuzers Gedanken längst weitergeeilt.

»Immerhin hat sich meine Vermutung, hier Verwandte und Freunde von Gabriele Holm zu treffen, bestätigt – und auch die vage Hoffnung ist aufgegangen, wenigstens einige ihrer Auftraggeber zu Gesicht zu bekommen, die mit Schuld am Tod meiner Mutter sind.« Jetzt ist in der Stube nur noch Mutter Holms rasselnder Atem zu hören, die anderen verharren mucksmäuschenstill. »Wenigstens einmal wollte ich Ihnen in die Augen sehen –« Leah fragt sich, ob dieser Jakob Kreuzer noch bei Sinnen ist, »– um herauszufinden, was sie heute, siebzehn Jahre nach dem Zusammenbruch der DDR, darüber denken. Nur ein Wort der Reue, so dachte ich – und ich wäre erlöst.« An den beiden Tischen, um die die schwarzen Lederjacken sitzen, wird es immer unruhiger. »Inzwischen habe ich allerdings begriffen, diesbezüglich gewaltig auf dem Holzweg zu sein. Sie, meine Herren, haben sich ja sogar Ihrer damaligen Verkleidung bedient, um von vornherein kenntlich zu machen, dass sie keine Zweifel an der Richtigkeit ihres damaligen Verhaltens zulassen.« Jetzt ist von den besagten Tischen bedrohliches Murmeln zu hören, wobei keine einzelnen Worte ausgemacht werden können. »Nach allem, was ich hier gehört habe, gehe ich sogar davon aus, dass Sie, wenn es Ihnen erlaubt wäre, noch heute in gleicher Weise agieren würden. Ihre Not, nicht mal in dieser Gaststube noch Macht ausüben zu können, niemanden mehr ›zuführen‹

zu können, ist spürbar. Wobei diese Verkleidung ja auch ein Beleg dafür ist, dass Sie sich nur als Gruppe stark fühlen und, auf sich allein gestellt, nichts als arme Würstchen sind. Als erbarmungswürdig würde ich Sie allerdings nicht bezeichnen, weil sie keines Erbarmens würdig sind.« Kolbe und Böhm springen auf. »Einen Moment, meine Herren«, Jakob Kreuzer gelingt es, sie mit einer Handbewegung auf ihre Plätze zu weisen. »Eines möchte ich Sie noch fragen, ehe Sie zuschlagen.« Verblüffung in den Gesichtern. »Wer sind die anderen, die außer Ihnen und den Geladenen hier schon die ganze Zeit ausharren? Sind es Gaffer oder Mitläufer, Sie behaupteten doch, immer noch alles zu wissen.«

Jetzt sind alle in der Stube gleichermaßen ratlos. Worauf will dieser Jakob hinaus? Die so unerwartet Angesprochenen fühlen sich peinlich enttarnt. Einzelne überlegen, ob es nicht besser sei, sofort zu verschwinden. Aber die Neugier hält sie fest auf ihren Stühlen, und den Lederjacken ist ihre Anwesenheit nur recht. Sie erhöht die ihnen zuteilwerdende Aufmerksamkeit.

»Fragen Sie sie doch selbst«, sagt Böhm und setzt sich wieder.

Kolbe bleibt stehen und beobachtet die Runde mit wachen Augen, als checke er, aus welcher Richtung ein Angriff erfolgt. Wobei ja eigentlich er der Angreifer ist.

Jakob Kreuzer, amüsiert, dass sein kleines Ablenkungsmanöver gegriffen hat, setzt fort, wobei seine Stimme – das bemerkt aber nur Leah – weich wird: »Wie ich seit heute weiß, musste auch Gabriele Holm in einem *Kinderkombinat* aufwachsen, in einem der schlimmsten. Das

Wort sollte sich jeder mal auf der Zunge zergehen lassen. *Kinderkombinat.* Allein an ihren Begriffen erkennt man Diktaturen. Sie ist also eine Leidensgenossin. Mit einem Abstand von etwa dreißig Jahren. Ich kann nicht beurteilen, in welchem Jahrzehnt *die kommunistische Erziehung der Jugend zur Teilnahme am praktischen Kampf bei der Errichtung der neuen Gesellschaft,* wie Erich Honecker es formulierte, grausamer war. Wenn ich an meine Zeit zurückdenke –« er hält inne. Weint er?

»Halten Sie endlich Ihr dreckiges Maul!«, krächzt die alte Göhrde.

»Sie haben noch nie was vom Kalten Krieg gehört, junger Mann?« Kolbe geht zwei Schritte auf Kreuzer zu. »Erstaunlich bei Ihrem Bildungsniveau und den vielen Recherchen, die Sie angestellt haben. Wettrüsten, Pershing II? Klingelt da irgendwas bei Ihnen? Wir waren gehalten, den Einfluss westlicher Agenten zu stoppen und Landesverrätern das Maul zu stopfen!«

»Unsinn, Herr Kolbe«, kommt jetzt Leah dazwischen, »Sie wissen nur zu gut, wofür unsere Gruppe stand: Wehrdienst für Frauen verhindern, die Militarisierung unseres Landes stoppen, Wehrkundeunterricht an den Schulen abschaffen!«

»Unsinn«, kontert Kolbe scharf. »Euer Töpfer- und Flugblätter-Pinselverein? Lächerlich! Wir wussten immer, wann sich, wer von euch, wo, mit wem, und vor allem, aus welchem Grund traf.«

»Und wenn!«, kontert Leah, »Trotzdem haben wir es geschafft, den *Jüdischen Friedhof* zu retten, den größten Europas, den ihr für eine Trasse plattmachen wolltet, damit die Herren aus Wandlitz mit ihren West-Autos schneller in die Stadt brausen könnten.«

Kolbe überspielt Leahs Einwand. »In jeder eurer Versammlungen saßen unsere Leute, manchmal sogar mehr als eure eigenen. Gabi war nicht die einzige.«

»Das wissen wir doch längst, Herr Kolbe«, greift jetzt Ulf Pörtner ein. »Auch, dass unser Rechtsanwalt dazugehörte, dem wir jahrelang vertrauten, der als Lichtgestalt in unseren Zellen auftauchte und uns ein wenig die Angst vor der ständigen Bedrohung nahm. Später behauptete er, er habe das alles nur getan, um zu helfen. Lächerlich!« Ulf gibt seiner leeren Tasse einen kleinen Schubs, sodass sie in die Mitte des Tisches schlittert. »Gebt endlich auf! Das Narrenparadies DDR, wie Günter Kunert es nannte, ist geschlossen. Nachdem Gesche und ich unsere Akten gesichtet hatten, haben wir allen, von denen wir jetzt wussten, dass sie Mitarbeiter Ihrer Firma und eben nicht unsere Freunde waren, Briefe geschickt. Etwa dreißig. Nur drei Personen meldeten sich zurück. Niemanden wird es noch wundern. Eine Frau beschimpfte uns sogar, was uns einfiele, wir seien nie ihre Freunde gewesen. Eine der Unbelehrbaren wie Sie. Sie könnte hier gut in einer Lederjacke sitzen, das würde passen.«

»Eins habe ich bis heute nicht verstanden.« Jakob Kreuzer bewegt sich auf seiner eignen Spur und schert sich nicht um das eben Gesagte. »Aus einem Bericht der IM Carola Lanz geht hervor, dass meine Mutter nach ihrer Entlassung aus dem Gefängnis nicht gleich zu mir nach Hause kam, sondern zunächst ihre vermeintliche Freundin Gabriele Holm aufsuchte.«

»Was ist denn daran nicht zu verstehen?« Isabell v. Hohenstein ist ganz aufgebracht. »Ihre Mutter wusste doch nicht, dass ihre Freundin Gabriele IM war. Oder hat die West-Frau mal wieder nichts verstanden?«

»Ich möchte auf etwas anderes hinaus.« Jakob Kreuzers Stimme hebt sich ein wenig, was wiederum nur Leah auffällt. Sie ist jetzt in großer Sorge um ihn, weil er sich in etwas hineinmanövriert, was gefährlich werden kann. Sie hat aber keine Möglichkeit, ihn davon abzuhalten, geschweige denn, ihn in irgendeiner Weise zu beschützen. »Stellen Sie sich folgendes vor: Eine Frau verbringt ein, zwei Tage und Nächte in Untersuchungshaft, entweder in einer dunklen Einzelzelle, ohne Essen ohne Schlaf, oder auf einem harten Stuhl im Vernehmer-Zimmer. Immer und immer wieder werden ihr dieselben Fragen gestellt, man droht, ihren Sohn zur Adoption freizugeben. Die Hilflosigkeit bringt sie fast um. Du hast das vorhin sehr eindrücklich geschildert, Leah. Und plötzlich wird sie ins helle Tageslicht gestoßen, steht auf der Straße, ist frei, kann es nicht fassen, verspürt, hochgradig traumatisiert, nur noch einen Wunsch, sich jemandem anzuvertrauen. Während ihres Aufenthalts in dem Untersuchungsgefängnis muss etwas geschehen sein, worüber die Akten schweigen. Und niemand anders fällt ihr ein als die Person, die Schuld an ihrer Verhaftung trägt, Gabriele Holm. Das ist Irrsinn pur. Nachlesbar ist, dass diese vermeintliche Freundin wortwörtlich zu meiner Mutter sagt: *Deine Freilassung ist nur ein Trick, ich habe geheime Informationen, dass du morgen nach Hoheneck kommst.* Die Antwort auf die ebenfalls dokumentierte

Frage des Führungsoffiziers, was sie mit dieser Falschinformation bezweckt habe, lautet in etwa so: Sie habe bei der Zielperson einen Schock auslösen wollen, damit sie vielleicht etwas sagt, was sie in den Vernehmungen verschwieg, etwas Wichtiges, was man gegen sie hätte verwenden können. Und genau das hätte sie, IM Cora Lanz, gern den staatlichen Organen als Trophäe überbracht. Leider sei es aber nicht zu dieser erhofften Aussage gekommen. Beim Abschied habe sie die Zielperson umarmt, sowas komme immer gut an.« Jakob Kreuzer schnäuzt sich. »Zutiefst verzweifelt – sie wusste, was das Frauengefängnis *Hoheneck* bedeutet – verließ meine Mutter die Freundin, machte sich auf den Weg zur Charité, lief die Treppen im höchsten Gebäude hinauf, öffnete ein Fenster und sprang hinaus.«

Leah beobachtet, dass Böhm wieder aufsteht und sich lautlos in Kolbes Nähe schiebt, der, die Hände tief in den Taschen seiner Lederjacke vergraben, nicht vom Platz weicht. Jakob Kreuzer jedoch scheint nicht zu bemerken, dass sich Gefahr anbahnt. »Ich habe mir meine Fingerknöchel blutig geschlagen an den kalten Wänden des Verlieses, in das man mich nach jedem missglückten Fluchtversuch steckte. Ich konnte nicht begreifen, warum ich in einem Heim leben musste. Ich wollte zurück nach Hause, in mein Zimmer, die Tür sollte aufgehen, und meine Mutter sollte hereinkommen und mir das Päckchen überreichen, das sie mir von der Reise in den Westen mitbrachte. Eine Reise in den Westen, so hatten mir die Erzieherinnen ihr Verschwinden erklärt. Das Wissen von ihrem Selbstmord war tief in meinem Inneren versunken. Und im Lauf der Jahre überlagerten sich beide Versionen, bis ich nicht mehr sicher war, welche wahr und welche falsch, vor allem nicht, welche mir lieber war. Denn unterm Strich bedeuteten beide das gleiche: Meine Mutter ließ mich im Stich. Und jetzt frage ich Sie, meine Herren, welche von den beiden Versionen – versetzen Sie sich in meine Lage – Ihnen lieber gewesen wäre? Welche von beiden hätten Sie besser ertragen?«

Jakob Kreuzers letzte Worte fallen im Dunkeln. Irgendjemand muss den Lichtschalter gedrückt haben. Was man gerade noch erkennen konnte, war, dass Kolbe und Böhm den jungen Mann von zwei Seiten her ansprangen.

Ein Aufschrei! Dann tritt für einen Moment Stille ein – in völliger Finsternis.

Das Rascheln schneller Bewegungen ist das erste, was man wieder vernehmen kann, ohne es zuordnen zu können. Zumal der schwache Schein, den eine Straßenlaterne durch eines der Fenster wirft, nicht ausreicht, um irgendetwas genauer zu erkennen. Nicht einmal darüber, von welcher Richtung diese Bewegungen ausgingen, noch in welche Richtung sie zielten, werden später verlässliche Aussagen gemacht. Dann ist ein Knall zu hören, als habe jemand einen Schuss abgegeben. Was in völliger Finsternis aber keinerlei Sinn gemacht hätte. Eventuell verursacht durch den ersten umgekippten Stuhl. Jedenfalls der Auftakt eines in Sekundenschnelle wie eine Symphonie aufbrausenden, mächtigen Lärms, aus Schreien, Fluchen, Röcheln, Wimmern, Gepolter, Klirren zu Boden sausender Teller und Kuchengabeln, zerschellender Sekt- und Schnapsgläser und dem Ächzen, sich am Boden windender oder irgendwie davonstolpernden Menschen. Die ersten erreichen die Tür, reißen sie auf, ein gleißender Lichtstrahl ergießt sich über eine graue zuckende Masse, aus der Mutter Holms Rollstuhl wie die einzige Ruine in einer Trümmerlandschaft ragt. Von ihr selbst keine Spur.

Draußen im Flur ist die Stimme des Wirts zu hören, die panisch in ein Telefon schreit.

Teil 2

Im Verhörzimmer

Cora Lanz

»1945 in Berlin-Köpenick.

Geschieden, arbeitslos. Ich war Kranfahrerin.

Was haben denn die anderen gesagt? Die sind doch alle viel –

Ich, als erste? Wieso? Weil sie meinen Namen als Decknamen benutzt hat? Ich weiß nüscht. Ich hab sie doch seit damals nicht mehr gesehen.

Seit dem Kinderheim. Das sind, Pi mal Daumen, fünfundvierzig Jahre her. Das ist echt ein schwarzer Tag für mich heute. Erst so 'ne Enthüllung, und dann is auch noch meine Brille weg. Hat die vielleicht irgendjemand gefunden? Schwarzes Gestell. Ohne die bin ich fast blind.

Sie haben gut lachen.

Gottseidank! Aber schauen Sie mal, das eine Glas ist raus. Ob die Versicherung das zahlt? Ich meine, das war ja schließlich nicht meine Schuld. So ein Chaos! Mannomann. Hab ich echt noch nicht erlebt. Da geht man ganz arglos auf 'ne Beerdigung, und dann sowas. Ich bin echt geschockt. Wie komm ich jetzt nach Hause?

Taxi. Aha. Ich will ja nicht unverschämt sein, aber wieviel verdienen Sie denn, wenn Sie sich ein Taxi von Bernau nach Köpenick leisten können?

Noch Fragen? Wieso? Ich weiß nüscht. Ich bin völlig falsch hier. Ich war nichts weiter als ihre Freundin im Kinderheim. Und ausgerechnet meinen Namen nimmt die sich.

Königsheide, Johannisthal. Wissen Sie, ich hätt' lieber nicht herkommen sollen, mir war schon vorher so komisch.

Naja, so 'n Grummeln im Bauch halt. Und jetzt bin ich echt sauer auf sie. Die hat sie wohl nicht mehr alle ..., ich meine –

Auf die Tote. Gabriele Holm. Ich weiß ja nicht, wie Sie reagieren würden, wenn sie plötzlich erfahren, dass sich jemand Ihren Namen als Decknamen klaut.

Noch nie was von Stasi gehört? Wohl aus dem Westen.

Keine Rolle mehr? Sie sind süß! Wenn Sie hier jemand fragen, ich mein, die Mauer is zwar weg, aber den Osten gibt's immer noch.

Ach, det is 'ne lange Geschichte, so viel Zeit haben Sie bestimmt nicht. Sie wollen doch auch noch die anderen –

Also jut, Kurzfassung. Als kleene Mädels sind die Gabi und ich Hand in Hand durch die Hölle marschiert. Vor ein paar Wochen stand mal in der Zeitung: *Die Erziehung zum sozialistischen Menschen wurde auf der Klaviatur von Gewalt gespielt.* Das hab ich mir gemerkt, das trifft's nämlich auf 'n Kopp! Sogar eine unserer alten Erzieherinnen war da. Wie die wohl von Gabis Beerdigung erfahren hat? Wollte bestimmt Promis gucken.

Naja, Offiziere von damals oder so. Vielleicht Presse? Gabi war durch ein Interview, das sie 1990 zwei Westjournalisten gegeben hatte, ziemlich berühmt geworden. Auch der nette Psychologe hat dazu was gesagt. Hat ihn irgendwie beeindruckt.

Im Fernsehen, ja. Sie hat alles zugegeben. Die ganze Kacke, die sie gemacht hat. Aber ihren Decknamen hat sie natürlich nicht erwähnt. Sonst säße ich nicht hier. Vielleicht hat die alte Göhrde ja gedacht, dass sie in der Grabrede erwähnt wird.

Unsere Erzieherin, ja. Die hab ich schon in der Kapelle erkannt! So 'ne Hexe vergisst man nicht. Am liebsten hätt' ich sie ins Grab geschubst ... Schon als Kind hab ich ihr tausend Mal den Tod gewünscht! Dass die noch lebt ... egal. Wie war Ihre Frage?

Die Zusammenkunft insgesamt? Hm. War mir, ehrlich gesagt, zu hoch, hab nicht alles verstanden, worüber da geredet wurde. Bin ja nur ... Ich mein, da kamen so Sachen auf'n Tisch –

Von damals, ja, und was weiß ich noch allet. Da wurde echt viel schmutzige Wäsche –

Von den Leuten, die Gabi bespitzelt hat.

Als IM.

Ich hab mich aus allem rausgehalten, ich war viel zu geschockt. Ich hab das noch nicht verdaut. Nur eine einzige Frage hab ich meiner Tischnachbarin gestellt.

Das wolln Se ooch wissen?

Also jut. Ich hab mich nach dem Namen ihres Friseurs erkundigt. Mein Gott, ist das jetzt noch wichtig?

Weil die 'ne echt geile Welle hat.

Weiß ich nicht mehr. Ziemlich kompliziert. Irgendwas mit von. Hat sich als Verlegerin vorgestellt.

Ich glaube aus Frankfurt. Hat 'ne Menge vorgelesen, was die Gabi so gesagt oder aufgeschrieben hat. Das meiste hab ich nicht verstanden. Hat mich auch nicht so interessiert. Mir war sowieso alles egal, nachdem ich erfahren hatte, dass sie –

Nein, außer Frau Göhrde kannte ich keen.

Die alte Frida? Hab ich heute zum ersten Mal gesehen. Die hat ihre Tochter ja abgeschoben, weil se Sängerin werden wollte, und da hätte so 'ne Rotzgöre natürlich gestört. Ich glaub, die kam aus dem Westen. Manchmal is die Gabi an den Wochenenden zu ihren Großeltern, und wenn sie zurückkam, ich sach Ihnen! Die ham se jedes Mal fertig gemacht. Echte Schweine!

Was weiß ich. Vorhin hat hier jemand gesagt, dass der Opa sie vielleicht ..., naja, das lass ich jetzt mal. Sowas erzählt sich leicht.

Die Einladung kam direkt von Herrn Gerechter, ihrem Lebensgefährten.

Die Todesanzeige, ja. Und in der Kapelle, bevor det losging, hat er mir so 'n Zettel zugesteckt, wo alles draufstand, von wegen *Goldener Adler*.

Weiß ich nicht mehr. Irgendwas mit ›auf einen Happen‹. Ich hab ihn anschließend zerknüllt. Normalerweise nennt man sowas Leichenschmaus. Aber det hier –

Klar, hab ich mich gewundert, ich hatte die Gabi ja seit damals nicht mehr gesehen. Live, meine ich. Und jetzt erfahre ich ihren Decknamen. Wieso ausgerechnet meinen? Als wenn's nicht Millionen andere Namen gäbe.

So schlimm? Ich sag Ihnen mal was: Über jedem Bericht, den sie ihrem Führungsoffizier da in die Tasten geplaudert hat, steht mein Name! Sozusagen als verlässliche Quelle. Hat sie mir zugetraut, was sie unter meinem Namen so allet gewerkelt hat? Andere bespitzeln, verraten, wat wees ick.

Naja, sowas fragt man sich dann schon. Seit 'n paar Stunden rollt bei mir 'n Riesending ab. Wie funktioniert das überhaupt, zwei Identitäten? Als Cora Lanz muss sie dann ja darüber berichtet haben, dass bei dieser oder jener Versammlung auch eine gewisse Gabriele Holm dabei war. Is doch so 'ne Art Eigendenunziation, oder? Sie selbst war 'ne Freundin der Leute, die Cora Lanz' Feinde waren.

Zu kompliziert? Tut mir echt leid. Spielt ja auch keine Rolle für den Schlamassel hier. Aber damals, nach dem TV-Interview, bin ich zusammengekracht. Psychisch. Jede Nacht Angstträume. Die ganze bekloppte *Königsheide* schwappte wieder hoch, und dass eine Frau, die ihre Freunde bespitzelt hat, mal meine beste Freundin war! Wie passt das zusammen? Und wenn man Angstträume hat, dann ist ganz schnell Schluss mit Kran fahren, und außerdem noch diese Myopie –

Ne Augenkrankheit. Wie gesagt, seit Anfang 1991 bin ich arbeitslos.

Keine Ahnung. Ich kannte doch keen. Einige haben sich mit Namen vorgestellt, die Herren von der Staatssicherheit natürlich nicht. Aber Leah Kautz kannte drei von denen sogar mit Vornamen. Die hatten sie bestimmt häufig in die Zange genommen.

Die war mal ’ne ganz große Nummer im ›Widerstand gegen die kommunistische Diktatur‹.

Diese Herren trugen alle Lederjacken, vielleicht ja noch dieselben wie damals, mit dem ganzen Mief und Schweiß der DDR drin. Die waren mir schon am Grab aufgefallen, und ich hab die ganze Zeit gezittert, ob die wohl jemanden verhaften, obwohl ich doch genau weiß, dass die DDR schon lange im Arsch ist. Aber das steckt in den Knochen, verstehen Se?

Ich schätz mal, die sind einfach mitgelaufen, als Herr Gerechter nach dem Brimborium am Grab in Richtung *Goldenen Adler* marschiert is.

Warum? Wat wees ick! Vielleicht, damit niemand ein falsches Wort über die Genossin sagt. Krass, wenn man sich vorstellt, was die alles auf dem Gewissen hat. Bei mir haben die auch mal so’n Anwerbungsversuch gemacht.

Im Kinderheim. Wie nette Onkels traten die auf, mit Geschenken und so. Aber als sie anfingen, mich auszufragen, was denn die Erzieherinnen so ..., oder diese und jene, hab ich mich doof gestellt, und da haben die ganz schnell ihre dicken Schwänze eingezogen.

Nein, wirklich nicht. Es war stockfinster, und ich möchte hier ja keem was anhängen.

Ich weiß es nicht, ich hab nicht studiert, ich hab garantiert nicht den Durchblick. Und Sie sagen mir ja nicht, was passiert ist. Aber falls es Tote gegeben hat, könnte ich mir vorstellen –

Leah Kautz.

Nicht missverstehen, is nur so ’n Bauchgefühl, ich konnte, wie gesagt, nich kieken. Aber diese Schreie ..., diese empörten Schreie! Das können nur die Herren der Staatssicherheit gewesen sein.

Die hatten sich kurz vorher ziemlich aggressiv aufgebaut. Und plötzlich ..., das waren eben keine Angstschreie. Das ist ein riesen Unterschied.

Die waren empört, ja!

Nicht zu verstehen?

Ich meine, weil die wat abkriegten – und nicht die anderen. So wie früher. Das kannten die nicht, denen wurde ja nie ein Haar gekrümmt. Die konnten sich alles erlauben, andere anschwärzen, obwohl sie wussten, dat det nicht stimmt, was sie schwärzten. Jetzt mal bildlich gesprochen. In diesem Staat wurde alles so gebastelt, wie die Herren da oben es haben wollten, es wurde belogen und betrogen und verraten. Und dafür gab's Orden! Ich, als kleene Arbeiterin, wollte immer mein Bestes geben, aber wie? Überall Mangel. Die reinste Mangelwirtschaft. Zum Beispiel mein Kran. Ständig kaputt. Ersatzteile? Tote Hose. Und wenn was kam, hat's nicht gepasst, weil det in einem anderen Jahrhundert gebaut worden war.

Ja, lachen Sie nur!

Was brauchbar war, wurde im Keller gehortet. Zum Beispiel Auspuffs für 'n Trabi. Gab's selten, aber wenn's welche gab, haben sich die Leute gleich Berge davon in den Keller gepackt. Dadurch gab's dann noch weniger oder eben garnüscht.

Privilegien? Wir? Die einzigen Privilegien, die Arbeiter in diesem scheiß Arbeiter- und Bauernstaat DDR hatten, war zu schuften, unter Bedingungen, die sich niemand vorstellen kann. Und jetzt sag ich Ihnen mal was, da war keine Veränderung möglich, denn dafür hätte irgendjemand einsehen müssen, dass der Trampelpfad falsch war. Klassenlose Gesellschaft, soziale Gerechtigkeit – schöne Worte, aber mit Sozialismus als Morgenröte hätten Se, spätestens seit Beginn der 1980er-Jahre, keinen Arbeiter mehr hinter dem Ofen vorlocken können.

Zur Sache? Genau. Von dieser Morgenröte war heute Nachmittag nämlich ziemlich oft die Rede. Leah Kautz und Ulf Pörtner gehörten ja zu den Leuten, die damals die Schnauze aufrissen.

Die Arbeiter? Protestiert? Nee. Die wären nur aufgewacht, wenn es nüscht mehr zu fressen gegeben hätte. Dafür ging es uns in Berlin aber immer noch zu gut. Irgendwas gab's immer, es mussten ja nicht unbedingt Bananen sein, hinter denen wir Ossis ja angeblich so her waren. Ich hab meine vier Kinder ohne West-Bananen und West-Schokolade groß gekriegt.

In West-Berlin wuchsen keine Bananen? Haha, sehr witzig. Dat wees ick ooch, dass die von woanders herkamen – und nie zu uns.

Zur Sache, okay Herr Wachtmeister. War jetzt 'n Scherz, nicht böse sein.

Mein Bauchgefühl? Beweisen kann ich das nicht. Was ich Ihnen aber ganz sicher sagen kann, und was garantiert auch die anderen bestätigen werden, ist dass die Kautz von Anfang an auf Jakob Kreuzers Seite war. Und der geriet mächtig ins Visier der bösen Buben.

Den Herren der Staatssicherheit! Ich nenn die jetzt mal so, obwohl es die ja längst nicht mehr gibt. Aber die taten so, als ob es sie noch gäbe.

Im Einzelnen weiß ich das nicht mehr. Die Stimmung war, wie soll ich sagen? Siedepunkt. Vorher wurden drei Runden Korn gereicht. Auf den Sekt! Da ist dann bei irgendjemand wohl die Birne durchgeknallt.

Nein. Das Letzte, was ich sah, bevor das Licht ausging, und wir im Dunkeln saßen, war, dass zwei dieser Oberindianer auf diesen Jakob Kreuzer zusprangen.

Ja, ein sehr sympathischer Typ. Haben Sie Ihn schon? – Entschuldigung, alles klar, hab ich vergessen –

Der hat so was ..., dem würde ich sofort mein Herz ausschütten. Und Ahnung! Auch mit zwölf ins Heim gekommen. Der weiß, genau was Gabi durchgemacht hat.

Nicht missverstehen, ich bin absolut auf Leah Kautz' Seite und kapier das total, dass die immer noch 'ne Menge Hühnchen mit den Typen zu rupfen hat. Was die mit der alles ... Naja. Zum Glück is mir det nie passiert. Ich habe immer nur gearbeitet und meine Kinder versorgt. Der Mann hat ja schon 1982 rübergemacht. Ich hatte keine Zeit, mich bürgerrechtlich zu engagieren. Ich war auf keiner Demo. Nicht mal im heißen letzten Herbst.

DDR-Herbst.

Tschuldigung! Wollte ja nur beschreiben, auf was für 'ne Temperatur die Bude angestiegen war, als es losging. Aber zu dem, was dann abging, kann ich ..., sorry, wirklich nichts.

Nein, nicht anschreien! Bitte nicht! Das kann ich gar nicht vertragen. Ich habe sehr schlechte Nerven.

Ich hab's verstanden! Ja! Wenn ich was wüsste, hätte ich es Ihnen doch längst gesagt, okay? Ich habe nichts zu verbergen. Tut mir echt leid, aber ich weiß nix.

Wobei …, Moment, gerade fällt mir noch was aus dem Kinderheim ein: Als Gabi zum ersten Mal einen Laib Brot sah, wusste sie nicht, was das ist. Sie dachte, Brot gäb's nur in diesen pappig-klebrigen Scheiben. Das spricht doch Bände, wie die als Kind getickt hat, oder?

Nee, das war jetzt nur 'n Streiflicht, mehr nicht. Is nicht so wichtig. Ich hätte mich dem Herrn Gerechter noch sehr gerne vorgestellt, damit er weiß, dass ich die echte Cora Lanz, Gabis beste Freundin war, und dass ich mir nichts zu Schulden habe kommen lassen. Das ich ein ganz normales Leben in diesem verschwundenen Land geführt habe. Das gab's nämlich auch. Wir hatten ne nette Nachbarschaft, unsere Datsche, und die Jungs im Kombinat waren echt prima, mit denen konnte man Pferde stehlen, falls Sie verstehen, was ich meine. Nicht alles in der DDR hatte mit Stasi zu tun. Da wird oft ein ganz falsches Bild gezeichnet. Und aufgebauscht. Auch dieser Leichenschmaus hat dieses Klischee ja wieder knorke bedient. Wahrscheinlich ein gefundenes Fressen für die Verlegerin. Leider ist es nicht mehr zu einer Begegnung zwischen mir und Herrn Gerechter gekommen, und spielt auch keine Rolle mehr, falls jemand umgekommen ist. Das wäre ja schrecklich!

Ja, kapiert! Tschuldigung! Tschüss denn! Ich drück euch ganz dolle die Daumen, dass Ihr rauskriegt, was Ihr rauskriegen wollt.

Ich frag mal kurz die Verlegerin, ob sie mich wenigstens ein Stück mitnimmt. Dann würde ich auf sie warten. Auf 'ne Stunde mehr oder weniger kommt's jetzt auch nicht mehr an.«

Nachbarin

»Hallo, ganz kurz, ich bin die Nachbarin der Verstorbenen. Ich könnte Ihnen sehr viel –

Morgen? Wieso? Alle anderen sollen doch jetzt –

Nein, ich dränge mich nicht auf!

Nein, ich bin in keiner Weise unverschämt, das verbitte ich mir!

Nicht anfassen, ja? Erlaube Sie mal.

Ist ja gut, ich hab 's kapiert. Wiedersehen!«

Hans Gerechter

»1950 in Berlin-Charlottenburg.

Tischler.

Der Partner der Verstorbenen, ja.

Ich wäre Ihnen sehr dankbar, wenn Sie mich ..., Sie haben meine Personalien, ich möchte jetzt gehen. Ich bin am Ende! Dieser Tag war ein einziger Albtraum.

Warum?! Sie sehen doch, was hier los ist.

Als erstes habe ich meine Lebensgefährtin zu Grabe getragen, und dann ..., wie soll ich das beschreiben, kübelweise Dreck über den Kopf geschüttet bekommen. Sie machen sich keine Vorstellung.

Was fragen Sie mich? Ich habe keine Ahnung, was passiert ist. Wer hat denn so entsetzlich geschrien?

Von vorne? Kurz gesagt, heute Nachmittag, hier, in dieser Gaststube des *Goldenen Adler*, musste ich zur Kenntnis nehmen, dass die Frau, die ich sehr liebte, inoffizielle Mitarbeiterin der Staatssicherheit der DDR war und offenbar Übles angerichtet hat. Ahnen Sie, was sich in meinem Inneren abspielt? Ich wusste bisher nichts davon. Ich muss das alles erst mal sortieren, verstehen Sie?

Vier Jahre. Es war eine sehr schöne, aber leider auch nur sehr kurze Zeit. Vor sechs Monaten wurde bei ihr ein äußerst aggressiver Krebs diagnostiziert. In ihren letzten Tagen hat sie oft davon gesprochen, froh zu sein, es geschafft zu haben, ehrlich sterben zu können. Ich bitte Sie, meine Herren, was sollte ich mir darunter vorstellen? Auch dass sie nicht verstünde, warum sie Krebs bekommen hätte, im Gegensatz zu vielen anderen hätte sie doch reinen Tisch gemacht. Das hörte sich für mich so an, als sei Krebs eine Strafe, die nur den trifft, der einen schlechten Lebenswandel führt, beziehungsweise sich nicht rechtzeitig von ihm lossagt.

Nein, ich möchte jetzt wirklich gehen.

Dazu kann ich Ihnen nichts sagen. Es war dunkel.

Alte Seilschaften? Könnte sein. Dafür bin ich, weiß Gott, nicht der Richtige, ich bin durch und durch Westberliner und nur in Bernau gelandet, weil die Parzelle extrem billig ist. Und weil ich absolut sicher war, dass das Thema Ossi-Wessi keine Rolle mehr spielt. Dieser Nachmittag und frühe Abend haben mich allerdings eines Besseren belehrt.

Da taten sich Gräben auf! Um das nachvollziehen zu können, fehlt mir der Hintergrund.

Wie soll ich Ihnen das erklären? Sie war eine sehr besondere, ja, ich möchte es bewusst mal so nennen, sehr zu Herzen gehende Frau. Nach allem, was ich jetzt weiß, hört sich das vielleicht merkwürdig an. Aber ich bleibe dabei. Sie machte zwar meistens einen auf lustig, spielte gern Akkordeon, sang, aber in ihrem Innern war sie zerstört. Irgendwas hatte sie verloren, vielleicht schon in früher Kindheit. Vielleicht tat ihr jemand Gewalt an. Ich weiß es nicht. Sie hat nie darüber gesprochen, nur dass sie wohl mehrmals versucht hat, sich das Leben zu nehmen. Bis zuletzt war sie auf der Suche. Nach einem Sinn, nach einem Ideal. So ist nicht jede.

Acht. Sie hatte verfügt, dass ich diese Acht benachrichtige, alle anderen Namen in ihrem Notizbuch hatte sie geschwärzt.

Ja, komisch.

Die anschließende Einladung in den *Goldenen Adler* war meine Idee. Ich dachte, das gehört sich so. Der Pfarrer geht auf meine Kappe, wie eben auch das christliche Begräbnis. Wenn ich die Wahrheit über sie gewusst hätte, hätte ich vielleicht besser einen der Herren von der ehemaligen Staatssicherheit um eine Grabrede bitten sollen? Die waren ja sowieso da.

Seltsamerweise, denn angeblich hatte sie sich schon lange vor dem Mauerfall von der ›Firma‹, wie das Ministerium für Staatssicherheit von einigen genannt wurde, losgesagt. Das wiederum wurde aber heftig in Frage gestellt.

Ja, äußerst verwirrend. Ich muss das jetzt erst mal Stück für Stück für mich selber klären, das sagte ich bereits.

Mit mir zehn, nur zwei der Gäste waren mir persönlich bekannt. Leider drängelten sich ja viel mehr in die Gaststube, ich hatte aber keine Chance, auch nur irgendetwas gegen diese Eindringlinge zu unternehmen. Zwischendurch sah es manchmal so aus, als habe der Wirt damit gerechnet. Das ist aber nur so ’ne Vermutung, die zu nichts führt.

Die Cousine, Claudia Schütz, und eine Verlegerin aus Frankfurt, Isabell v. Hohenstein. Sie hatte Gabi angeregt, ihre Biographie zu schreiben. Warum hat sie mir nie gesagt. Eine von den Gästen tat mir sehr leid.

Ich weiß nichts weiter über sie. Aber im Lauf des Nachmittags kam heraus, dass sich Gabi offenbar ihren Namen als Decknamen gewählt hatte. Cora Lanz. Das hat die Arme arg mitgenommen. Sie hat mit niemandem gesprochen.

So?

Der Verlegerin? Kann sein, das habe ich dann wohl übersehen, wir saßen ja nicht nebeneinander. Ich hatte den Eindruck, es ging ihr ähnlich wie mir.

Sie wünschte sich nichts sehnlicher, als ganz weit weg, an einem anderen Ort zu sein.

Außerdem? Die Mutter, eine ehemalige Partnerin –

Ja, auch das wurde mir an diesem Nachmittag aufgetischt. Dazu Frau Kautz und Herr Pörtner, beide von der damaligen Opposition, wie ich jetzt weiß, und ein Arbeitskollege aus den 1990er-Jahren. Ich hätte den Ungeladenen, zu denen auch die Herren in den Lederjacken gehörten, keine Stühle angeboten, sondern sie einfach stehen lassen.

Der Wirt. Wenn er das nicht getan hätte, wäre die ganze Sache bestimmt ganz schnell zu Ende gegangen, und es wäre nie zu dieser Gewaltorgie gekommen.

Frau Kautz? Sie schien diese Zusammenkunft von vornherein als Gelegenheit gesehen zu haben, mit Gabi abrechnen zu können. Das habe ich selbstverständlich nicht gewusst, sonst hätte ich sie nicht eingeladen. Sie hat keine Blume aufs Grab gelegt, das ist mir aufgefallen. Von ihr kam dann die Formulierung ›doppelter Verrat‹. Ziemlich eigenartig, aber ... Ich sag mir immer, jeder nach seiner Fasson. Sie hat sicher viel durchgemacht. Eine verletzte Seele, die, auch wenn die Ereignisse nun schon so viele Jahre zurückliegen, offenbar nicht vergessen kann. Aber ich sollte mir kein Urteil erlauben. Als Christ sowieso nicht.

Aggressiv? Na ja, so würde ich es nicht nennen. Sie war sehr direkt, das schon, auch mir gegenüber. Was mir, wenn ich ehrlich sein soll, ziemlich unangenehm war. Und objektiv betrachtet auch unangebracht. Ich hatte ihr ja nichts getan.

Den Herren von der Staatssicherheit hat sie eingeheizt, das ist richtig. Jetzt würde ich aber wirklich gern wissen, was eigentlich passiert ist.

Es hieß, ein Leichenwagen sei vorgefahren?

Das ist jetzt aber unfair. Sie stellen mir ständig Fragen, ohne mir zu sagen, was passiert ist. Ich war schließlich der Verantwortliche des ganzen Schlamassels.

Drei Runden Korn? Wer hat Ihnen denn den Bären aufgebunden. Von mir wurden die nicht geordert, darauf können Sie Gift nehmen. Der Wirt hat sich wohl ein paarmal eingemischt, das sagte ich ja schon. Was da lief, hab ich aber nicht so genau mitgekriegt. Ich hatte eine Runde Sekt und belegte Brötchen vorgesehen. Was auch gut ankam und durchaus gereicht hätte, wenn nicht so viele Personen spontan mitgelaufen wären.

Insgesamt etwas mehr als zwanzig, schätze ich.

Das war nicht meine Idee. Erst die Stühle, dann noch die Tische.

Die waren in einer Ecke der Stube gestapelt.

Zum letzten Mal: Ich war auf zehn Leute um einen runden Tisch eingestellt, eine friedliche, zeitlich begrenzte Zusammenkunft. Irgendwann ist dann alles aus dem Ruder gelaufen. Was man aber nicht mir in die Schuhe schieben kann.

Ich weiß es nicht, verdammt! Und wenn Sie mir keine Auskunft geben, was hier passiert ist, ist es mein gutes Recht zu gehen. Ich bin am Ende. Das sagte ich bereits.

Auf Wiedersehen!«

Christa Werne

»1955 in Karl-Marx-Stadt, heute Chemnitz.

Grundschullehrerin. Alleinstehend.

Ich weiß nichts, ich habe nichts gesehen, diese ganze Veranstaltung war von vorne bis hinten große Scheiße, um es mal deutlich zu sagen. Wie Sie sehen, hat es mich ganz schön erwischt.

Wahrscheinlich ein Stuhlbein. Es war stockfinster.

Danke, fürs erste bin ich versorgt, ich würde mich jetzt aber gern und so schnell wie möglich verabschieden. Ich habe Schmerzen und muss noch raus nach Potsdam.

Drei. Claudia Schütz, die Cousine, Leah Kautz und Ulf Pörtner, zwei ehemalige Freunde aus den Friedensgruppen in Ostberlin. Nein, sonst niemand. Ich ärgere mich sehr über mich, überhaupt zu dieser Beerdigung gekommen und anschließend noch mit hierher gegangen zu sein. Die privaten Dinge, die ich, animiert durch Leah, rausgelassen habe, gehen wirklich niemanden etwas an. Äußerst peinlich das Ganze. Ich kann mir nicht erklären, was in mich fuhr –

Nein, ich werde das auf gar keinen Fall wiederholen. Wissen Sie, die Partnerschaft mit Gabriele Holm liegt fast zwanzig Jahre zurück, ich bin ihr nach unserer Trennung nur noch einmal zufällig auf der Straße begegnet und habe bis vor ein paar Tagen, als die Anzeige kam, nicht mehr an sie gedacht. Mein Gott, wenn ich mir vorstelle, was seitdem alles passiert ist!

Ja, Leah Kautz scheint noch tief in dem alten Sumpf zu stecken, was mich wundert, denn als Sozialarbeiterin ist sie bestimmt täglich mit knallharten Sachen konfrontiert. Jedenfalls hat sie erzählt, sie sei jetzt Sozialarbeiterin. Und ich glaube nicht, dass sie irgendwelche Märchen erzählt.

Jetzt reicht's aber bald. Was ist denn daran so schwer zu verstehen? Ich war Gabis Partnerin. Punkt. Damals hieß es immer, im Westen sei das schon lange kein Thema mehr.

Dazu kann ich Ihnen nichts sagen. Offenbar hat sie sich's irgendwann anders überlegt, und ist zu diesem Hans in die Datsche gezogen. Ihre Entscheidung. Unsere Trennung damals ging von mir aus.

Nein, davon habe ich nichts gewusst. Das Privatleben der Spitzel wurde offenbar respektiert.

Nein, nicht mal im Suff. Auch das möchte ich jetzt nicht wiederholen, unsere damalige Beziehung hat ja auch nicht das geringste mit dem zu tun, was hier eben …, wobei ja offenbar niemand weiß, was eigentlich passiert ist. Oder sehe ich das falsch?

Sind Sie taub!? Es war dunkel! Woher soll ich denn wissen, wer mit dem Messer auf wen einstach?

Ja, klar, mit dem Messer.

Wieso sollte man nicht darauf kommen, wenn etwa dreißig hochgradig aufgeheizte Leute auf engem Raum zusammen sind, ein Messer auf dem Tisch liegt, und plötzlich das Licht ausgeht. Irgendwas muss doch passiert sein, warum sonst hätte irgendjemand so fürchterlich geschrien. Das kann nicht allein die alte Krähe in ihrem Rollstuhl gewesen sein. Wobei ich, als ich mich im Türrahmen umdrehte, sah, dass der verlassen dastand.

Nein, ich habe sie vorher nicht gekannt. Gabi und ihre Mutter waren …, die waren nicht so eng.

Tot? Ach du je, das tut mir jetzt aber doch leid, sozusagen auf der Beerdigung der eigenen Tochter …, wobei …, ich schätze mal, die muss doch weit über die Achtzig gewesen sein. Irgendwann ist eben Schluss. Kurz und schmerzlos. Manch einer wünscht sich das.

Pardon.

Eine Ahnung? Ich dachte immer, die Polizei interessiert sich nur für Fakten.

Okay. Dass dieser Nachmittag für Leah die Gelegenheit war, es den Herren mal so richtig heimzuzahlen, ist wohl keinem entgangen. Aber sie ist nicht die Frau, die zum Messer greift. Die war mal Künstlerin. Die arbeitet Frust mit Farbe auf der Leinwand ab. Vielleicht heute noch. Wer weiß, was eine Sozialarbeiterin am Feierabend tut.

Ich hab keine Ahnung, ich hab die seit damals nicht mehr gesehen.

Nee, die ist viel zu zart. Wobei ..., wenn ich's mir genau überlege ..., die hat sich mächtig für diesen Jakob Kreuzer ins Zeug gelegt. Vielleicht wollte sie ihn beschützen und handelte blitzschnell aus so 'ner Art Mutterinstinkt? Ich schätze, der ist so alt wie ihre Söhne. Wobei ich gehört habe, dass der eine sich umgebracht hat.

Im Rausch vom Hochhaus gesprungen. Besser Sie fragen sie selbst!

Das Einzige, was wohl außer Frage steht – das kommt mir aber erst jetzt –, ist, dass gewisse Herren von der Staatssicherheit diesen jungen Mann auf irgendeine Weise beiseite schaffen wollten. Ich sag das jetzt mal so. Auch die waren am Ende mit ihrer Geduld. Ihr albernes Muskelspiel hat keiner ernst genommen. Auch Kreuzer ging ja heftig mit denen ins Gericht. Zutrauen würde ich das der Firma schon noch, auch wenn es sie offiziell nicht mehr gibt. Aber jetzt sagen Sie mir endlich, wer verletzt wurde.

Das ist doch Kacke! Wollen Sie Katze und Maus spielen?

Er wird durchkommen!? Was soll das heißen?

Später? Moment mal, Sie haben keinerlei Recht, mich hier noch länger festzuhalten. Ich habe niemandem ein Haar gekrümmt, kann nichts sachdienliches mehr beitragen und bin außerdem verletzt. Die Sanitäter haben mir geraten, den Verband morgen von einem Arzt wechseln zu lassen.

Danke.

Jetzt hätte ich aber noch 'ne Frage: Weiß man denn, wer den Lichtschalter gedrückt hat?

Schade! Das würde bestimmt wichtige Erkenntnisse bringen. Das glaubt einem niemand, was sich hier abgespielt hat. Wer das erzählen könnte, wäre nicht dabei gewesen! Echt Wahnsinn, das Ganze!

Tschüss!«

Ulf Pörtner

»1940 in Eberswalde.

Verheiratet.

Ich bin Mathematiker, durfte mein Leben in der DDR aber als Friedhofsgärtner fristen.

Ja, bei den *Grünen*.

Bis vor ein paar Wochen. Auch das ist richtig. Aber jetzt mal im Ernst: Ich bin empört!

Sie halten mich hier eine Ewigkeit fest, ohne mich darüber zu informieren, was eigentlich los ist. Was denken Sie sich eigentlich? Das wird Folgen für Sie haben.

Eye, Leute! So geht das nicht. Ihre Dienstnummern bitte!

Das wäre auch in meinem Sinne. Da müssten Sie sich allerdings an die Herren von der ehemaligen Staatssicherheit wenden. Die waren ja die Angreifer. In welche Richtung genau das Ganze dann kippte, kann ich Ihnen nicht sagen, weil es plötzlich dunkel wurde. Irgendjemand hat entsetzlich geschrien. Ich habe nur noch versucht, zur Tür zu kommen. Trotz aller Hindernisse. Dasselbe werden Sie ja auch von den anderen gehört haben.

Meine Beobachtungen? In völliger Finsternis, wie soll das gehen?

Ich sag's doch, es wurde nur noch geschrien, geboxt und getreten, ich hatte große Befürchtungen, dass die alte Dame in ihrem Rollstuhl umgerannt wird, konnte ihr aber nicht helfen.

Oh, das tut mir leid. Infolge des Schocks? Das würde mich nicht wundern, eigentlich war das Ganze ja ..., wie soll ich sagen ...? Wobei die alte Dame, um ehrlich zu sein, insgesamt schon arg klapprig wirkte. Vielleicht hat die weite Anreise sie –

Soviel ich weiß von Schwerin. Und was sie über ihre Tochter zu hören bekam, wird sie, vorausgesetzt sie wusste nichts davon, ziemlich gebeutelt haben. Es artete ja zu so einer Art Tribunal aus.

Kann ich ihnen nicht sagen.

Wer, wen? Reine Vermutungen. Vorstellbar wäre, dass die Herren Kolbe und Böhm beabsichtigten, den jungen Mann in die Zange zu nehmen, nachdem er ziemlich unappetitliche Sachen über sie ausgebreitet hatte. Wobei unbedingt untersucht werden müsste, warum genau in dem Augenblick das Licht ausging, als die Aggressivität auf dem Siedepunkt war. Für mich besteht da ganz eindeutig ein Zusammenhang. Wer drückte den Schalter und warum?

Ich weiß es nicht! Sonst hätte ich es Ihnen gesagt.

Mit dem Messer? Schwer vorstellbar. Wer hätte denn im Dunkeln das Messer auf dem Kuchenblech finden können.

Abgeschlachtet? Wen denn, zum Teufel?

Persönlichkeitsschutz. Sie sind ja lustig. Aber falls jemand umgekommen sein sollte, hoffe ich inständig, dass es einer von der anderen Seite war.

Ich weiß! Verdammt. Wir sind hier unter zivilisierten Menschen, und es ist obsolet, während einer Beerdigung die Sau rauszulassen, schon klar. Was Sie jedoch nicht wissen und wahrscheinlich auch nur sehr schwer nachvollziehen können ist, dass gewisse Leute gewissen Leuten am liebsten immer noch eins in die Fresse geben würden. Auch wenn der ganze Spuk schon vor siebzehn Jahren an die Wand gefahren ist. Die seelischen Verletzungen sitzen einfach zu tief, als dass man bei so einer Gelegenheit wie heute, nicht in Versuchung geraten könnte –

Ach was! Auch wir waren keine Heiligen.

Eine These? ... Der Wirt war und ist immer noch ein Kumpel dieser Herren von der Staatssicherheit und hat sie über den von Hans Gerechter gebuchten Leichenschmaus im Anschluss an die Beerdigung seiner Lebensgefährtin Gabriele Holm informiert. Dieser Name sagt ihm was. In der Erwartung, dass etliche von den ›Schädlingen‹ kommen, haben die Herren sich entsprechend kostümiert. Als Geck. Hans Gerechter ist hier im Ort ganz sicher keine Respektsperson. Er hat Sekt und Brötchen für Zehn bestellt, aber der Wirt, wohl wissend, dass weit mehr kommen werden, hat entsprechende Vorbereitungen getroffen. Dass sich dann noch mehr Personen anschlossen, die eindeutig nicht von der Firma waren, mag bei ihm zunächst für Irritation gesorgt haben, konnte den Herren, die vorhatten, hier ihre Muskeln spielen zu lassen, aber nur Recht sein. Vor Publikum macht so was einfach viel mehr Spaß. Die große Enttäuschung für sie war dann, wenn meine These stimmt, dass um den runden Tisch außer dieses Hans Gerechter nicht neun ›subversive Elemente‹ saßen, wie die gehofft hatten, sondern lediglich zwei, Leah Kautz und ich. Wobei Leah sie nicht schonte. Egal. Was sollten die mit einer Cousine, einer alten Mutter, der ehemaligen Partnerin, einem ehemaligen Arbeitskollegen, einer Verlegerin und diesem Pfarrer anfangen? Und außerdem mit einer Frau, über die im Lauf des Abends nichts weiter rauskam, als dass ihr Name identisch ist mit Gabis Decknamen – und dass auch nur durch einen Fauxpas des Herrn Gerechter. Egal.

Mit diesen Leuten hatten die Herren nichts auszufechten! Und sie nicht mit ihnen. Umso größer muss ihre Freude gewesen sein, als plötzlich, sozusagen aus dem Nichts, dieser Jakob Kreuzer auftrat, und massive Angriffsfläche bot.

Wofür das Ganze? Ganz einfach. Das sind Narren. Vor siebzehn Jahren entlassen aus dem Narrenhaus. Was aber leider nicht heißt, dass sie keine Narren mehr sind. Ganz im Gegenteil. Die lechzen nach Gelegenheiten, ihre für sie immer noch bestehende Allmacht zur Schau zu stellen, vielleicht sogar an einem Exempel zu statuieren. Wenn ich wüsste, wer hier zu Schaden kam, könnte ich diese These weiter ausbauen.

Ach was, Datenschutz! So kommen wir nicht weiter. Als Abgeordneter kann man mit sensiblen Informationen verantwortungsvoll umgehen. Also, frei heraus, wie geht es dem jungen Mann?

Weil er von Kolbe und Böhm tätlich angegriffen wurde. Wobei ich, um genau zu sein, nur noch ihre Absicht, ihn anzugreifen, mitbekam. Dann ging das Licht aus. Einen Daumen an seiner Gurgel habe ich nicht gesehen, kann ihn mir aber, aufgrund dessen, was ich zuletzt sah, gut vorstellen.

Er ist über den Berg? Das ist doch mal eine Aussage, mit der sich etwas anfangen lässt, und die mich aufrichtig freut.

Und Kolbe?

Erstochen!? Himmel noch eins! Und auf diese gute Nachricht lassen sie mich so lange warten? Fehlt nur noch Böhm.

Nicht ansprechbar. Verstehe. Wenngleich es meine These über den Haufen wirft, und der Täter immer noch fehlt. Wir hätten uns eine Menge Zeit erspart, wenn Sie mir gleich reinen Wein eingeschenkt hätten.

Zufrieden, ich? Nein, soweit würde ich nicht gehen. Ich bin Humanist und lasse mich von Barbaren nicht verleiten, ihre Handlungsweisen zu kopieren. Könnte ich vielleicht ein Glas Wasser haben? Mir ist gerade ..., mein Kreislauf –

Danke! Sehr freundlich.

Nein, lassen Sie es uns dabei bewenden. Ich kann Ihnen in keiner Weise weiter nützlich sein. Ich hege auch keinerlei Verdacht. Ich muss jetzt schnellstens nach Hause.

Guten Abend! Und bitte grüßen Sie Herrn Kreuzer von mir. Auch wenn die Sache hier für ihn fast schiefgegangen ist, es war richtig, was er getan hat.«

Isabell v. Hohenstein

»1960 in Hamburg-Eppendorf.

Ich bin noch völlig durcheinander und weiß gar nicht, was ich sagen soll. Wissen Sie –

Ich bin Verlegerin. Ich war hier eingeladen, weil ich beabsichtige, die Memoiren der Verstorbenen herauszugeben. Aber doch nicht, um Zeugin eines Mordes zu sein!

Nein, gesehen habe ich nichts, nur diese Schreie –

Außer Hans Gerechter kannte ich niemanden.

Hat vielleicht jemand mit dem Messer zugestochen? Diese Schreie –

Es lag griffbereit auf dem Tisch. Jeder hätte es sich nehmen können.

Nein, ich habe keinen Verdacht, nur die große Befürchtung, dass einer der aalglatten Lederjacken-Herren diesen Jakob Kreuzer erstochen hat.

Von der ehemaligen Staatssicherheit, wie ich heute Nachmittag gelernt habe.

Nein, darauf kommt man wirklich nicht.

Ganz offensichtlich so eine Art Underground-Bewegung. Jedenfalls hatten die sich, mit weiteren nicht Geladenen, unter die Trauergäste gemischt. Ich habe mich gewundert, warum Hans Gerechter die nicht gleich vor die Tür gesetzt hat. Sowas gibt's doch nicht.

Jakob Kreuzer? Der hat die moralisch dermaßen unter Druck gesetzt, das war ..., wie soll ich sagen ..., sehr gekonnt. Der wusste genau, wo er die kriegt, echter Profi.

Kinderpsychologe an der Charité. Die sind förmlich explodiert. Meine Güte, so was liest man in Dramen, aber live dabei sein, möchte man eigentlich nicht.

Als Verlegerin lebe ich in der Literatur.

Nein, ich sagte ja bereits, außer Hans Gerechter kannte ich niemanden, übrigens, dass Sie mich nicht missverstehen, ein sehr liebenswerter und großherziger Mann. Schlicht, aber großherzig. Ich hatte seine Partnerin im Lauf des letzten halben Jahres ein paarmal besucht –

Ja, das war mir bekannt. Vier Jahre lang. Verstehen Sie mich nicht falsch, aber eine Frau, die mal IM war und sich öffentlich dazu bekennt, lässt man sich als Verlegerin nicht entgehen.

Ich habe Tonaufnahmen gemacht und ihr ein paar Tipps fürs Schreiben gegeben, sie hatte ja keine Ahnung. Wie auch? Zuletzt hat sie Blumen gezüchtet und Beete fotografiert.

Nein, im Gegenteil. Ich werde das Vorhandene überarbeiten und mit einem Vorwort herausgeben. Das ist ein Stoff, bei dem es knallt. Das Beste, was einem in diesem Job passieren kann. Ich würde Ihnen ja gern mal was vorlesen, damit Sie verstehen, worum es hier geht, aber dafür haben Sie jetzt wahrscheinlich keine Zeit?

Genau! Aus dem Grund war für mich die heutige Veranstaltung, wenn ich das mal so nennen darf, top. Bei Anlässen dieser Art erfährt man, was sonst unterm Teppich bleibt. Diesbezüglich wurde ich reichlich bedient. Das Verzwickte ist nur, dass Hans Gerechter bis zum heutigen Nachmittag tatsächlich nichts von der Vergangenheit seiner Partnerin wusste. Und jetzt hoffe ich nur eins, dass er mir keinen Strich durch die Rechnung macht.

Sich gegen die Veröffentlichung wehrt. Ich hätte ihn sonst bis zur Buchpremiere nicht aufgeklärt.

Ihn ins Messer laufen lassen? So würde ich das nicht nennen. Das gehört zur Brisanz des Geschäfts.

Leah Kautz? Die hatte sich vorgenommen, die ›Wahrheit‹ auf den Tisch zu bringen, und ergriff die Gelegenheit, den anwesenden Herren mal kräftig die Leviten zu lesen, um vielleicht so etwas wie Einsicht herbeizuführen. Damit hat sie sich allerdings total vergaloppiert. Auch die Hoffnung dieses Jakob Kreuzer war irreal. Wenn ich mich recht entsinne, sagte er wörtlich: Nur ein Wort der Reue – dann sei er erlöst.

Theatralisch? Irgendwie schon, ja. Andererseits auch wieder nicht. Der Mann ist echt. Wie geht es ihm?

Warum ich diese Frage stelle? Sie sind ja lustig. Erstens, weil er mir sehr sympathisch ist, zweitens, weil ich ihn nach der Metzelei, wenn ich das mal so nennen darf, nicht mehr gesehen habe und drittens, weil er bedroht wurde. In den letzten Minuten in der Gaststube kam mir plötzlich der Gedanke, dass die beiden Herren von der Staatssicherheit die Absicht hegten, ihn aus dem Verkehr zu ziehen. Wie weit sie dabei gehen würden, habe ich mir nicht ausgemalt. Dazu war ja auch keine Zeit, alles ging plötzlich rasend schnell. Und es war stockfinster –

Nein, nichts! Ich habe absolut nichts gesehen! Das letzte, was ich meine, noch schemenhaft wahrgenommen zu haben, war, dass die beiden Kerle auf Kreuzer zusprangen. Und dann hat irgendjemand fürchterlich geschrien, vielleicht waren es sogar mehrere, unmöglich das zu differenzieren, es war einfach nur entsetzlich, und ich habe versucht, so schnell wie irgend möglich, in Richtung Tür zu gelangen, was alles andere als leicht war. Nicht nur wegen der Dunkelheit, sondern weil ich ständig gegen scharfkantiges Holz stieß, über am Boden liegende Körper oder Körperteile stolperte, in Glasscherben trat. Mein Kostüm kann ich, wie Sie sehen, wegschmeißen. Ich müsste da unbedingt noch mal rein, um meinem Mantel zu holen. Jetzt aber im Ernst, wie geht es ihm?

Über den Berg. Das klingt tröstlich, wirft aber weitere Fragen auf.

Datenschutz. Alles klar! Mein täglich' Brot. Aber man kann auch Ausnahmen machen. Sie dürfen nicht vergessen, das hier war eine außergewöhnliche Situation, eine Versammlung von Trauergästen, hier saßen höchst bewegte Gemüter auf engem Raum zusammen. Emotionaler geht's nicht. Und diesem Kreuzer wurde sehr viel Sympathie entgegengebracht. Ein Schicksal, an dessen Tragik die Tote und ihre Mordgesellen, wenn ich es mal so nennen darf, schuld waren. So en Detail habe ich das bisher nicht gewusst.

Es mag für Sie eigenartig klingen, aber mein Part wird durch die Tatsache, dass Gabriele Holm tot ist, leichter. *Die Wahrheit ist dem Menschen zumutbar*, sagte Ingeborg Bachmann. Aber eben nicht jedem.

Pardon? Ja, ich verstehe. Sie wollen so schnell wie möglich den oder die Täter überführen – was auch immer sie getan haben mögen. Das wird Ihnen aber nur gelingen, wenn Sie verstehen, aus welcher Konstellation heraus er oder sie zum Täter wurde.

Immer so?

Ich meinte etwas anderes. Das war keine geplante Tat. Da gab es einen hochsensiblen Moment, bevor das Licht ausging. Und dann erfolgte ein spontaner Akt. Wenn es hell geblieben wäre, wäre es ganz sicher nicht dazu gekommen.

Der Wirt?

Nein, das glaube ich nicht! Der hat sich doch die ganze Zeit bemüht, Frieden zu stiften, er und seine Frau haben ständig Neues serviert, nachdem Sekt und Brötchen aus waren, um die Leute zu beruhigen. Wenn die nicht aktiv geworden wären, wären gewisse Herren vielleicht schon viel früher explodiert.

Richtig. Eigentlich hatten die keinen Anspruch auf irgendetwas. Und trotzdem fühlten die sich verarscht. Um was genau es hier heute Nachmittag ging, kann ich als Westdeutsche nicht verstehen. Das ist Irrsinn pur.

Vielen Dank. Könnten Sie mir vielleicht ein Taxi …? Ich bin nicht in der Lage, mit meinem eigenen Auto nach Hause zu fahren. Und wie gesagt, ich müsste vorher noch meinen Mantel –

Wieso Spurensicherung?

Das passt mir jetzt aber gar nicht!

Erst morgen? Wie stellen Sie sich das vor? Ich habe Termine! Ich kann hier nicht einfach nochmal –

Jaaaa!, selbstverständlich kann ich Frau Lanz mitnehmen. Wo ist denn das arme Huhn? Die war ja völlig durch den Wind. Auf die Idee muss man auch erst mal kommen, den Namen –

Ach so, das wissen Sie schon.

Nein, mehr weiß ich nicht über sie.

Eine letzte Bitte, wäre es möglich, mich auf dem Laufenden zu halten? Auf meiner Karte steht meine E-Mail-Adresse.

Ich danke Ihnen.«

Konrad Mantel

»1961 in Bochum.

Ja, ich bin der Pfarrer, aber momentan außer Stande, Ihnen irgendetwas Nützliches zu sagen.

Nein, wirklich nicht. Am besten, Sie kommen morgen zu mir ins Pfarrhaus. Wissen Sie ..., etwas auch nur annähernd Ähnliches habe ich in meiner ganzen bisherigen Laufbahn noch nicht erlebt. Manchmal gibt es bei Beerdigungen kleine Zankereien, zumal wenn Alkohol ins Spiel kommt, aber –

Ja, sicher! Und komischerweise hat der Wirt, nicht Herr Gerechter, der Partner der Verstorbenen, einiges springen lassen. Jedenfalls kam es mir so vor, denn Herr Gerechter war mit dessen Verhalten überhaupt nicht einverstanden. Besser gesagt, es hat ihn erbost. Das konnte jeder am Tisch sehen.

Wie geht es denn Herrn Kreuzer?

Es gab einen Tumult. Und das Licht ging aus.

Das beruhigt mich sehr. Wirklich. Ich hatte das Schlimmste befürchtet. Und sonst? Ich meine, er war doch nicht der Einzige, der in die plötzlichen Handgreiflichkeiten involviert war. Was genau ist denn passiert? Es heißt, ein Leichenwagen sei vorgefahren?

Ach! Das ist ja schrecklich!

Nein, ich kannte weder ihn noch einen der anderen Herren, die sich hier als geschlossene Gruppe präsentierten. Allerdings ist mir, vor allem durch das, was Frau Kautz im Lauf des Nachmittags vorbrachte, einiges klargeworden. Auch wenn es total absurd klingt, die DDR ist immer noch Gegenwart. Da ist wohl noch unendlich viel ins Reine zu bringen, was irgendwo, in einer Seele, vielleicht sogar in bisher noch nicht eingesehenen Akten schlummert. Eine Frau, die mit der Verstorbenen gemeinsam im Kinderheim war, bekam hier zum ersten Mal zu hören, dass diese sich ihren Namen als Decknamen ausgesucht hat. Ich mein ..., damit muss man auch erst mal klarkommen.

Ja, Cora Lanz. Sie hatte sich mir im Eingang der Kapelle als eine Freundin aus Kindertagen vorgestellt, im Lauf des Nachmittags aber kein Wort gesagt. Ich hatte den Eindruck, dass sie insgesamt überfordert und zuletzt nervlich am Ende war.

Aber auch ich muss das Ausmaß dessen, was ich hier heute zu hören bekam, erstmal verdauen. Morgen, meine Herren, bin ich gerne bereit, Ihnen Rede und Antwort zu stehen.

Jetzt noch rasch die Frage, wie geht es denn der alten Frau Holm? Sie brachte nämlich einen Wunsch der Tochter ins Spiel, eine Art letzten Willen, von dem keiner etwas wusste. Auch Herr Gerechter nicht.

Der Sarg sollte blau sein, aber das ist jetzt ja egal – ich wollte ja nur wissen, wie es ihr geht.

Oh, zwei Tote! Das ist heftig. Wobei mir einfällt, dass die Mutter zum Erstaunen aller, sozusagen aus dem Bauch heraus, den eigentümlichen Satz formulierte, nun sei ja endlich die ganze Familie unter dem Rasen. Vielleicht so eine Vorahnung? Sowas gibt es. Ich könnte sie hier in unserer Friedhofskapelle aufbahren. Das wäre doch würdiger, als sie jetzt, mitten in der Nacht, noch in irgendeine Kühlhalle zu bringen.

Ach was, Pathologie! Man kann ja auch mal eine Ausnahme machen. Ich nehme das auf meine Kappe.

Es hätte doch etwas Tröstliches, finden Sie nicht? Der Kreis würde sich schließen, sie würde in der Nähe Ihrer Tochter bleiben.

Meinetwegen. Telefonieren Sie! Aber ich sag Ihnen eins, manchmal muss man aus dem Herzen heraus handeln und die ganze Bürokratie über Bord werfen. In einer halben Stunde könnte alles gerichtet sein. Ich gebe dem Küster Bescheid.

Bis dann!«

Claudia Schütz

»1943 in Berlin-Prenzlauer Berg, 1973 im Kofferraum eines Autos nach Westberlin geflüchtet.

Darauf bin ich heute noch stolz.

Redakteurin und Dokumentarfilmerin. Single. Gabriele Holm war meine Cousine.

Ich könnte kotzen! Ehrlich! Diese Scheiß-DDR! Der ganze Müll, immer noch nicht verdaut, verarbeitet, ausgeschieden. Wenn ich es nicht schon lange gewusst hätte, warum ich damals abgehauen bin, heute hätte ich es kapiert.

Dieser Nachmittag wäre ein Film. Ein Film darüber, wie die Stasi noch heute … unfassbar! Aber leider hat ja jemand das Licht ausgeknipst.

Das ist schwer zu beschreiben. In dieser Gaststube herrschte von Anfang an eine Stimmung …, wie soll ich sagen, einfach nur entsetzlich, und dieser bedauernswerte, völlig überforderte Hans bekam die Wahrheit über seine, ach so geliebte Gabi dermaßen um die Ohren gehauen – im Nachhinein wundert es mich, dass er nicht gegangen ist.

Nein, der war's nicht. Der würde keiner Fliege etwas zuleide tun. Auch keiner bösen. Nach was oder wem suchen Sie denn, wenn ich fragen darf?

Sprechen Sie mal Klartext, verdammt! Keiner weiß, was passiert ist, wir alle werden hier festgehalten … Ist das juristisch überhaupt haltbar? Ich würde gern mal mit meiner Redaktion sprechen. Mein Handy, bitte!

Nicht erlaubt!? Sie haben sie ja wohl nicht mehr alle –

Das ist mir scheißegal. Ich hab einfach keinen Bock mehr, kapiert?

Ja, ist mir schon klar, dass etwas passiert ist, keine Menschenseele schreit so ohne Grund.

Ich könnte mir vorstellen, dass das Messer, als das Licht ausging, in die falschen Hände geriet. Überhaupt dieses Messer. Wenn ich jetzt darüber nachdenke, dieser Gegenstand war reine Provokation, gesteigert durch diesen Kuchen.

Okay. Ich versuch's mal, dafür muss ich aber ein bisschen ausholen. Hans' Bewirtung war für zehn Leute vorgesehen, für die acht, die er eingeladen hatte, den unvermeidlichen Pfarrer – unter uns, ein ziemlich einfältiger Mensch – und ihn selbst. Wir saßen um den runden Tisch in der Mitte der Gaststube, alles andere Mobiliar war in eine Ecke geräumt und wurde erst nach und nach für das unerwartet aufgetauchte Volk dazugestellt.

Vielleicht zwanzig? Schwer zu sagen. Aber wenn die nicht gewesen wären, wäre hier garantiert nichts passiert. Und jetzt kommt's, obwohl diese Menge ganz eindeutig nicht vorgesehen war, tat dieser Wirt alles, um die Gäste bei der Stange zu halten. Als wenn er irgendetwas provozieren wollte. Vielleicht auch mal Stasi? Egal. Wer sich in den Osten wagt, den holt das alte Misstrauen wieder ein, diese ekelhafte von Kindesbeinen an trainierte DDR-Gabe. Sofort wieder da. Der Wirt und seine Frau schleppten ein Kuchenblech an, obenauf ein Messer. Ein sehr großes Messer. Er hätte den Kuchen ja auch geschnitten auf den Tisch stellen können. Aber nein, ich musste das Schneiden übernehmen. Und jeder Schnitt verursachte dieses hässliche Geräusch. Einerseits unangenehm, andererseits ..., wie soll ich sagen, fordert es irgendwie zu Gewalt auf.

Quatsch! Niemals in der Realität. Nur so als prickelnde Vorstellung. Allerdings, wenn man so eine wahnsinnige Wut auf diese alten Socken hat, wie zum Beispiel Leah ..., könnte ich mir schon das eine oder andere vorstellen. Für mich sind diese Herrschaften schon gestraft genug, dazu verdammt gewesen zu sein, einen Staat preisen und ständig den Kopf für ihn hinhalten zu müssen, in dem es, um mal ein Beispiel zu nennen, zu meiner Zeit, also fast dreißig Jahre nach dem Ende des Zweiten Weltkriegs, immer noch Kohlekarten gab, als sei immer noch Krieg. Das spricht doch Bände. Das war alles so scheiße! So eine elendige Mangelwirtschaft. Aber diese Typen trauern dieser Scheiße immer noch nach. Arme Teufel, oder? Wobei ihre herablassende, zum Himmel stinkende Arroganz, auch mich sofort wieder auf die Palme brachte. Zum Glück saß Hans neben mir und hat mich ein paarmal beschwichtigt, sonst wäre ich dem Herrn Kolbe oder Böhm vielleicht an die Gurgel gesprungen. Auch dieser Herr Grün – ein ekelhafter Kerl.

Nein, natürlich nicht in der Absicht, einen von ihnen umzubringen, sondern einfach nur, um ihnen einen Denkzettel zu verpassen. Die haben sich da aufgeführt …, Wo sind die denn abgeblieben? Ich hab keinen von denen mehr gesehen.

Abgehauen? Typisch!

Leah nannte deren Namen. Sie kannte die persönlich. Alle anderen, schätze ich mal, Claqueure.

Ich weiß es nicht, es war stockdunkel, verdammt! Und um Ihre nächste Frage gleich mit zu beantworten, wer den Lichtschalter drückte, weiß ich auch nicht.

Der Wirt? Komische Idee.

Wird er denn verdächtigt? Ich kann, wie gesagt, nur bestätigen, dass er sehr bemüht war, die Leute bei Laune, aber dadurch vielleicht auch länger im Haus zu halten, als es Hans lieb war. Wenn's nach dem gegangen wäre, wäre nach Sekt und Brötchen Schluss gewesen. Etwas knauserig bemessen, da hatte Leah schon recht, aber ein guter Kerl, der nicht ahnte, was für ein Monster er sich in seine Datsche holte. Ich sehe ihm vieles nach. Er kannte nur mich und diese Verlegerin, sonst niemanden. Übrigens eine ziemlich schlimme Person.

Ach, vergessen Sie's einfach. Es gibt Menschen, die taugen einfach nichts.

Konkret? Die ist alles andere als koscher. Gabi und Memoiren! Was, bitte schön, soll dabei rauskommen? Eine aufgewärmte Sensationsbrühe? Die kennen wir bereits. Der arme Hans wird draufgehen. Ich hoffe, ihm ist heute endlich klargeworden, dass diese Verlegerin die ganze Zeit ›Blinde Kuh‹ mit ihm spielte und dass er ihr die Fortsetzung des Projekts untersagt. Gabi mit ihrem nimmersatten Ego, im Mittelpunkt zu stehen, hat es natürlich gefallen, dass eine Verlegerin um sie herumtanzt. Bis zu dieser Seite ihres Wesens ist Hans offenbar nie vorgedrungen. Seine Liebe machte ihn blind.

Ja, ich verstehe. Aber alles weitere wäre wirklich pure Spekulation.

Okay. Falls es die Herren von der Stasi erwischt hat und nicht Jakob Kreuzer, was ich inständig hoffe, dann fällt mir eigentlich nur eine Person ein, die dafür verantwortlich sein könnte. Leah Kautz. Haben Sie sie schon verhört?

Also gut. Wenn Sie sie sehen, werden Sie das für ausgeschlossen halten. Eine kleine zarte Frau ... Falls sie es war, müssten ihr in diesem Moment Berserkerkräfte zugewachsen sein, sodass sie blindlings zustechen konnte. Wie gesagt, ich habe keine Ahnung, ob sowas möglich ist. Zu treffen, meine ich. Vielleicht in die Halsschlagader? Im Dunkeln? Reine Glückssache. Aber denkbar, weil aus der Not geboren, diesen Jakob Kreuzer zu retten, der völlig ahnungslos in die Schusslinie geriet. Und Leah ist die einzige, bei der man Notwehr als Motiv ins Spiel bringen könnte. Denn, was diese Leute ihr angetan haben, müsste tatsächlich irgendwann einmal geahndet werden. Real, nicht nur in der Vorstellung.

Aber, pardon, das sind nur so Spontis, eigentlich nicht erlaubt und nur haltbar, wenn man den Irrsinn DDR kennt. Leah sagte uns, dass es ihr in einer bestimmten Situation ihres Lebens leidgetan habe, Gabi keine Ohrfeige gegeben zu haben. Das heißt wohl: Sich nicht wenigstens einmal gewehrt und sich an ihr gerächt zu haben. Vielleicht bot dieser Abend ihr die letzte Chance, endlich Rache zu nehmen.

Ich drehe zwar Dokumentarfilme, aber ich kann auch Geschichten erfinden. Vergessen Sie's einfach, ich muss jetzt los. Wo finde ich denn die Mutter, die muss noch zum Bahnhof –

Tot?! Ach, du liebes Lottchen, hat der Herrgott sich ihrer erbarmt, und tatsächlich beide …? Klingt vielleicht komisch, aber ich hatte das Gefühl, die wollte eh weg.

Aus der Welt. So ein beschissenes Leben!

Und ihr Rollstuhl?

Okay, um den kann sich Hans kümmern. Viel Glück! Wir blinden Zeugen werden noch lange an diesem Abend zu knacken haben. Allein diese entsetzlichen Geräusche! Die steckt keiner einfach weg. Und irgendwann erfahren wir ja hoffentlich aus den Medien, was hier wirklich passiert ist. Sie könnten mir freundlicherweise vorab eine Info zukommen lassen.

MDR. Guten Abend!«

Steffen Baum

»1946 in Berlin-Grunewald.

Ich bin Rechtsanwaltsfachangestellter. Witwer.

Hätten Sie vielleicht doch einen Verband? Das Pflaster ist durch. Ich sau hier alles ein.

Beim Robben bin ich voll in eine Glasscherbe –

Danke. Geht schon. Was möchten Sie denn wissen?

Das war von vorn bis hinten eine total Ostdeutsche Veranstaltung. Wahnsinn! Was die sich um die Ohren gehauen haben. Da könnte man den Glauben an die Wiedervereinigung verlieren und meinen, die Deutsche Demokratische Republik gäbe es immer noch. Dass da solche krassen Sachen passiert sind, war mir bisher nicht ansatzweise klar.

Na ja ..., wie soll ich sagen, die ganze Problematik, echt so verkorkst, in die kann man sich als Wessi nur sehr schwer hineinversetzen. Die hätten damals dringend 'ne Supervision gebraucht. Das hätte vielleicht geholfen. Allerdings ..., wenn die Gabi tatsächlich ..., ich meine, wenn die und ihre Genossen mitverantwortlich für den Tod der Mutter dieses Psychiaters sind, ist es nicht verwunderlich, wenn hier eventuell plötzlich der Wunsch auftauchte, klar Schiff zu machen. Was beileibe nicht heißen soll, dass ich Gewalt goutiere. Wer hat denn nun eigentlich wen –?

In der Anwaltskanzlei. Sie war meine Kollegin. Bitte beantworten Sie meine Frage.

Nein, sie hat nie darüber gesprochen. Jedenfalls nicht mit mir. Ich bitte Sie jetzt dringend um Beantwortung meiner Frage.

Nein, es hat mich selbst total überrascht, eine Mitteilung von ihrem Tod zu bekommen, so eng waren wir nicht. Ich hatte immer den Verdacht, dass unser Chef sie nur aus Mitleid in der Teilzeit hielt, denn leistungsmäßig brachte sie nicht annähernd, was der Beruf erfordert. Bevor sie zu uns kam, arbeitete sie in einem Stellwerk. Die erste Zeit nach der Wende muss ziemlich hart für sie gewesen sein. Ich weiß gar nicht, ob sie irgendwas studiert hat oder gleich vom Heim aus –

Sie war so ein Mensch, der, wie soll ich sagen …, jedem rieb sie ihr schweres Schicksal unter die Nase. Eine ziemlich verkorkste Frau eben. Dabei hätte man ihr, nach allem was ich jetzt weiß, gleich eins in die Fresse …, pardon! Das macht man unter zivilisierten Menschen selbstverständlich nicht.

Während der Wartezeit eben habe ich die Verstorbene vor meinem inneren Auge Revue passieren lassen, und dabei fiel mir etwas ein, was ich völlig verdrängt hatte, weil es durch und durch pervers ist. In ziemlich betrunkenem Zustand erzählte Gabi mir einmal, sie habe ihren Job im Stellwerk von einer Stunde zur anderen verloren, nachdem sie einer Kollegin gestand, eine so große Wut im Bauch zu haben, die Weichen am liebsten einmal so stellen zu wollen, dass zwei Züge ineinander krachen. Mein spontaner Gedanke, diese Frau gehört in die Psychiatrie. Nach allem was ich heute über sie erfahren habe, kann ich mir vorstellen, dass ein unbändiger Vernichtungswille in ihr war. Vielleicht als Gegenreaktion auf selbst erlittenes Leid? Nach dem Motto, auch mir steht mal etwas zu, ich hol mir das Glück auf meine Weise.

Sorry, aber ich brauch dringend einen zweiten Verband. Schauen Sie, das suppt und suppt.

Danke. Vielen Dank!

Ja, ich bin ein paarmal mit ihr ausgegangen, aus Mitleid, ich war gerade Witwer geworden und dann froh, als Hans Gerechter auftauchte und sie in Beschlag nahm. Sie fing an zu klammern. Persönlich habe ich ihn erst heute kennengelernt. Für ihn muss dieser Nachmittag …, ich weiß nicht, er hatte offenbar nicht die leiseste Ahnung. Also, ich möchte sowas nicht erleben.

Das Ende? Ich kann mir alles und nichts vorstellen.

Dass Leah Kautz die beiden von der Stasi abgestochen hat. Die hatte eine Wut im Bauch, das glauben Sie nicht. Und der Wirt war so fahrlässig, ein Messer in die Stube zu bringen, obwohl er merkte, wie es darin brodelte.

Zu schwach, die? Kleine Frauen sind die zähesten! Wenn die sich etwas vorgenommen haben, dann Gnade Gott. Meine letzte Freundin …, pardon. Aber Ihnen ist das Phänomen zierliche Täterinnen bestimmt nicht unbekannt.

Nein, das ist wirklich reine Spekulation. Es war stockdunkel. Hat Ihnen das denn noch keiner gesagt?

Klar, Sie lassen nichts raus. Ich fürchte aber, dass dann alles weitere reine Spekulation bleiben wird. Oder können Sie sich einen Täter vorstellen, der sich hinstellt und sagt, ich war's, tut mir leid, das ist im Affekt geschehen. Wobei ich ja keine Ahnung habe, was überhaupt passiert ist.

Nicht wenigstens eine Andeutung? Als Rechtsanwaltsfachangestellter stehe ich unter Schweigepflicht.

Gut, dann eben nicht, dann geh ich halt. Mir ist sowieso ziemlich schlecht. Wiedersehen!«

Leah Kautz

»Geborene Silbermann, 1950 in Berlin-Weißensee.

Geschieden.

Solange es die DDR gab war ich Malerin.

Sozialarbeiterin im Rollbergkiez, Neukölln. Ich nehme an, das sagt auch der Polizei in Bernau etwas?

Wie geht es dem jungen Mann?

Keine Auskunft? Was ist denn das für ein Schwachsinn, sind wir hier bei der Stasi? Bei denen hat man auch nie erfahren, was eigentlich Sache war. Diese Willkür war das eigentlich Entsetzliche.

Bitte?

Ich soll vorsichtig sein mit meinen Ausdrücken? Wissen Sie, meine Herren, mir macht keiner mehr Angst, ich hab die Hölle hinter mir. Einer meiner Söhne sprang im Rausch vom Dach eines Hochhauses, weil er meinte, er könne fliegen. Ich hätte mich damals mehr um ihn kümmern sollen, das ist mir aber erst heute Nachmittag klargeworden. Die politische Arbeit, die ich jahrelang gemacht habe –, wahrscheinlich Gift für die Kinder.

Der Reihe nach, verstehe. Aber es ist schon reichlich spät, und Sie können vielleicht nachvollziehen, dass ich nach allem, was hier passiert ist, total fertig bin und so schnell wie möglich nach Hause will.

Mein Gott, wir alle waren zu einer Beerdigung gekommen, nicht um einem Gemetzel beizuwohnen. Ich nenne es mal so. Schauen Sie, wie ich aussehe, zur Tür kam man ja nur noch auf allen Vieren durch eine Blutlache. Wobei man im Dunkeln ja nicht ahnte, worum es sich bei dieser ekligen Flüssigkeit handelte.

Irgendein Idiot hat das Licht ausgeknipst.

In dem Chaos von umgekippten Tischen und Stühlen, verstreuten Mänteln, Jacken und flüchtenden Menschen, hätte man sich auch bei heller Beleuchtung keinen Überblick mehr verschafft. Aber das eigentlich Schreckliche war dieses Geräusch! Gleich nachdem es dunkel geworden war, setzte es ein. Als reiße ein Raubtier das Maul auf, bevor es zubeißt.

Vom wem? Hören Sie mir zu? Ich sagte doch, dass es dunkel war. Das Einzige, was ich sicher weiß, ist, dass die alte Mutter aus ihrem Rollstuhl kippte und anfing zu schreien. Hoch und schrill. Schauderhaft!

Herzinfarkt? Oh, das tut mir leid. Aber ich hätte ihr auch nicht mehr helfen können, ich lag nämlich selbst am Boden und wollte auf gar keinen Fall meine Deckung aufgeben. Falls es denn eine war. Ich wusste ja nicht, worauf das Ganze hinauslief.

Vorher? Meine lieben Herrn Kommissare, das war ein Leichenschmaus! Wobei zu sagen ist, dass Hans Gerechter, der Partner der Verstorbenen, ganz eindeutig nicht mit dieser Menge an Gästen gerechnet hatte, und die Beköstigung pro Kopf entsprechend schmal ausfiel, was möglicherweise Aggression schürte. Nach allgemeiner Auffassung wird die Wertschätzung eines Toten am Pomp gemessen, den Hinterbliebene für dessen Beerdigung aufzufahren bereit sind. Wobei die Messlatte auch an die Zuwendungen für die Trauergäste gelegt und daran deren Wertschätzung oder Geringachtung abgelesen wird. Die Leute, die hier heute Nachmittag zusammenkamen, empfanden sich, zunächst jedenfalls, als äußerst gering geschätzt. Zwar überbrückte der Wirt die brenzlige Situation spontan mit ein paar Kleinigkeiten, wobei die dritte Runde Korn – zumindest für eine der anwesenden Personen – zu viel war und sie die Kontrolle verlor. Eine Runde hätte voll und ganz gereicht. Gleich zu Beginn wurde ja immerhin Sekt ausgeschenkt. Mir schien, der Wirt wollte dem Gastgeber zeigen, wo der Hammer hängt, wenn es nicht sogar seine Absicht war, ihn vorzuführen. Es gibt ja so kleine Gemeinheiten, die man nicht für möglich hält, die unter Menschen aber durchaus verbreitet sind.

Vor wem? Weiß ich nicht. Vielleicht ist Hans Gerechter hier als knauseriger Wessi verschrien. Am heutigen Nachmittag sollte er jedenfalls für irgendetwas büßen. Ich bin sicher, dass die Order für die ›Nachschläge‹ nicht von ihm kam. Damit Sie mich nicht missverstehen, mir war die Beköstigung völlig egal. Ich hab eh nichts angerührt. Mein Magen rebelliert verlässlich in Situationen wie dieser.

Worum es in den Gesprächen ging? Sie sind ja lustig. Um die Vergangenheit natürlich.

Quatsch, wir haben keinen DDR-Tick, wir waren eine Schicksalsgemeinschaft, wir haben diesen Staat erlebt, erlitten und gehasst, und trotzdem – so seltsam es für Sie klingen mag – trauern wir vielem nach.

Noch nie gehört? Wo leben Sie denn?

Weil unsere Utopie von einer besseren Welt mit diesem Staat verknüpft war. Das werden Wessis nie verstehen. Von unserem Staat, nicht von einem vereinigten Deutschland aus, wollten wir eine neue Gesellschaft aufbauen, in der jeder ein individuelles freies Leben führen kann. Es hieß ja immer ›Unsere Leute wollten das so‹, eine entsetzliche Redensart. Wer mit diesem beschissenen Leben klar kam, okay, seine Sache, wer ein anderes wollte, konnte froh sein, eine Nische zu finden, die ihm sein Überleben ermöglichte. Das Dumme an dieser von Hans Gerechter ja redlich gemeinten Erinnerungsrunde war eigentlich nur, dass sich ehemalige Stasi-Offiziere unter die Gäste mischten. Zu Deutsch Täter. Wenn ich das richtig sehe, nie zur Verantwortung gezogene Täter. Können Sie nachvollziehen, was das bedeutet?

Nein, das sind keine Verschwörungstheorien. Hier prallten Welten aufeinander, fragen Sie doch die Leute selbst.

Was heißt geht nicht?

Alle weg? Und unsereins halten Sie hier fest? Aber deren Namen haben Sie doch alle auf der Kondolenzliste.

Unlesbar. Ich lach mich tot. Wirklich sehr gewitzt, die Firma. Immer noch. Aber ich kann Ihnen immerhin die Klarnamen der beiden Herren nennen, die sich in dem Moment, als es dunkel wurde, auf Jakob Kreuzer stürzten.

Ich? Auch bei der Stasi? Das ist wirklich das Allerletzte. Wenn Sie wüssten …, egal, Sie sind zu jung, als dass ich Ihnen die Zusammenhänge auch nur annähernd … Schon gar nicht hier und jetzt.

Jakob Kreuzer momentan nicht ansprechbar? Was?! Hat er sich so heftig gewehrt? Verstehen Sie mich nicht falsch, aber es würde mich tatsächlich freuen, wenn wenigstens einer von den Lederjacken etwas abgekriegt hat.

Weil diese Herren zu dem Pack gehören, das damals nicht eigenmächtig, wie es manchmal dargestellt wird, sondern obrigkeitsergeben, im Auftrag der Partei, dieses Land ins Verderben führte. Die Stasi war kein Staat im Staat. Die ganze Schweinerei war von oben gedeckelt, von den alten Säcken. Auch dass man Leute wie mich verhaften, verhören und so lange einsperren konnte, wie ein Vernehmer gerade drauf war. Ich war Friedensaktivisten. So nennt man das heute. Mit dem Unterschied, dass so eine Tätigkeit in der DDR als *Landesverrat* galt und mit zwei bis zehn Jahren Gefängnis geahndet wurde.

Ja, freuen Sie sich, dass Sie nicht in diesem Land aufgewachsen sind.

Ich bin jetzt auch fertig und möchte nur noch wissen, wie es Jakob Kreuzer geht. Ich habe ihn nämlich schon als kleinen Jungen gekannt, und seine Mutter wurde von den Leuten, über die wir hier sprechen, in den Tod getrieben. Sie war eine Freundin und ebenfalls Friedensaktivistin. Das verbindet. Jakob hat hier sehr private Dinge ausgepackt. Das war gefährlich, aber ich konnte ihn nicht daran hindern, geschweige denn, ihn in irgendeiner Weise schützen. Ich erzähle das auch nur, damit Sie begreifen, warum ich wissen muss, wie es ihm geht. Und dann möchte ich gehen, dieses blutbefleckte Kleid ist ein Alptraum. Außerdem ist es schon reichlich spät.

Mitkommen?

Ich? Wieso das denn?

Ich werde verdächtigt? Das glaub ich jetzt nicht!

Von wem? Für was?

Das ist doch lächerlich! Das glauben Sie doch selber nicht. Schauen Sie mich doch an. Woher sollte ich die Kraft nehmen? Zumal mit einem Küchenmesser.

Wie ich darauf komme? Das lag doch auf der Hand, oder, besser gesagt, auf dem Tisch. Es war ein Riesenfehler von dem Wirt, diesen Gegenstand in die Gaststube zu bringen, und es dann dort zu belassen. Messer fordern zu Gewalttaten auf. Ich weiß, wovon ich rede. Bei den Jungs in meinem Kiez sitzen die verdammt locker ... Aber das muss ich Ihnen ja nicht erzählen, Sie wissen ja, wie gewaltbereite Jugendliche heute sind. Und in Bernau, sagt man, gibt's ne verdammt rechte Szene.

Ich glaube, irgendjemand nutzte die Situation spontan, um mit irgendjemand abzurechnen. Wenn man sich das vorstellt! Erst in den Butterkuchen, dann ins Fleisch. Widerlich!

Für die Verteilung des Kuchens war Claudia, Gabis Cousine, zuständig. Sie hat das tapfer gemeistert, und diese aufgeheizte Gesellschaft für eine Weile befriedet. Kuchen funktioniert eigentlich immer, auch bei Familienfeiern spielt er eine große Rolle. Beim Kuchenessen werden alle Lämmer. Ich habe kein Stück angerührt.

Da haben Sie recht, ich bin kein Lamm geworden, und werde wohl auch nie eins werden. Und jetzt zum letzten Mal: Ich habe nichts gesehen. Damit ist alles gesagt. Und jetzt möchte ich gehen.

Ich dachte, Sie wollten mich einschüchtern. So kenne ich das von der Stasi.

Ich glaub's ja nicht. Dann geben Sie mir sofort mein Handy zurück. Ich möchte meinen Anwalt anrufen.«

Nachdem Leah telefoniert hat, wird sie zum Streifenwagen geführt und unsanft auf die Rückbank gedrückt. Beim Blick aus dem Fenster sieht sie, wie ein paar Schritte weiter zwei Sanitäter eine Bahre zum bereitstehenden Rettungswagen tragen. Im Blaulicht, das über den Parkplatz hinter dem *Goldenen Adler* kreist, sieht sie Jakobs Gesicht.

Danksagung

Beim Erkunden des Klimas, aus dem heraus sechs der zehn Personen am Runden Tisch und die meisten der Ungeladenen in der Gaststube des *Goldenen Adler* agieren, waren mir in Gesprächen, durch Einblicke in ihre Akten und Bücher, durch ihre Vorträge oder Filme kundige Ratgeber:

Jenny Florstedt, Ines Geipel, Freya Klier,
Matthias Gretzschel, Roland Jahn, Holger Kulick,
Christoph Links, Marko Martin, Gerd Poppe,
Andreas Voigt und Peter Wensierski.

Ohne Irena Kukutz' geduldige, freundschaftliche und kritische Begleitung hätte ich dieses Buch nie schreiben können. Ihr im Besonderen – wie auch allen anderen – sei herzlich gedankt.

Roswitha Quadflieg,
November 2021

Clemens Meyer
Stäube
Erzählungen
Mit Fotos von Bertram Kober
Hardcover mit Schutzumschlag
und Lesebändchen
ISBN 978-3-86730-158-9

»Wenn Meyer mit unbestechlicher Lakonie über Abraumhalden, Wüstungen und Bergwerke schreibt, sind das immer auch innere Landschaften. Das gilt auch für Bertram Kobers Fotografien von Höhlen, Gestein und Verfall, die dem Band beigegeben sind.«
Jörg Magenau in der Süddeutschen Zeitung

»Das liest sich eindrucksvoll und verstörend, aber auch mitreißend, denn Meyer versucht nichts weniger, als ein Zeitbild zu entwerfen, von den Neunzigerjahren bis heute.«
Nicole Henneberg in der Frankfurter Allgemeinen Zeitung

Bernd Wagner

Verlassene Werke

Hardcover mit Schutzumschlag
und Lesebändchen
ISBN 978-3-86730-223-4

Dieses Opus magnum des Autors ist der Versuch, der allgegenwärtigen äußeren Chronologie der historischen Ereignisse eine innere entgegenzusetzen.

Ein fulminantes Erinnerungswerk mit zahllosen begonnenen und wieder abgebrochenen Erzählungen. Ein Blick in den damals legendären Berliner Künstlerkreis im Prenzlauer Berg. Verlassene Werke, die zu schön und anregend sind, um vergessen zu sein. Sie werden hier endlich aufgelassen.

Hélène Jousse

Die Hände des Louis Braille

Roman

Aus dem Französischen von Chritine Cavalli
und Michael Hohmann
Hardcover mit Schutzumschlag
und Lesebändchen
ISBN 978-3-86730-138-1

Constance, eine erfolgreiche Dramaturgin, erhält den Auftrag, ein Drehbuch über den Erfinder der Blindenschrift zu schreiben. Voller Faszination für Louis Braille stürzt sie sich in die Recherchen über dieses Genie.
Die Autorin erkundet die Kraft der Großzügigkeit und feiert die Bescheidenheit eines einfachen Helden, der aus seinem Leben ein Schicksal gemacht hat.

»Die Würde des Menschen ist tastbar. Auch darum geht es im Romandebüt der Bildhauerin Hélène Jousse.«
Janina Fleischer in der Leipziger Volkszeitung

Bernd Wagner
Verlassene Werke
Hardcover mit Schutzumschlag
und Lesebändchen
ISBN 978-3-86730-223-4

Dieses Opus magnum des Autors ist der Versuch, der allgegenwärtigen äußeren Chronologie der historischen Ereignisse eine innere entgegenzusetzen.

Ein fulminantes Erinnerungswerk mit zahllosen begonnenen und wieder abgebrochenen Erzählungen. Ein Blick in den damals legendären Berliner Künstlerkreis im Prenzlauer Berg. Verlassene Werke, die zu schön und anregend sind, um vergessen zu sein. Sie werden hier endlich aufgelassen.

Hélène Jousse

Die Hände des Louis Braille

Roman

Aus dem Französischen von Chritine Cavalli
und Michael Hohmann
Hardcover mit Schutzumschlag
und Lesebändchen
ISBN 978-3-86730-138-1

Constance, eine erfolgreiche Dramaturgin, erhält den Auftrag, ein Drehbuch über den Erfinder der Blindenschrift zu schreiben. Voller Faszination für Louis Braille stürzt sie sich in die Recherchen über dieses Genie.
Die Autorin erkundet die Kraft der Großzügigkeit und feiert die Bescheidenheit eines einfachen Helden, der aus seinem Leben ein Schicksal gemacht hat.

»Die Würde des Menschen ist tastbar. Auch darum geht es im Romandebüt der Bildhauerin Hélène Jousse.«
Janina Fleischer in der Leipziger Volkszeitung

Robert Cohen

Anna Seghers im Garten von Jorge Amado

Eine Novelle

Hardcover mit Schutzumschlag
und Lesebändchen
ISBN 978-3-86730-211-1

Ausgehend von einem historischen Foto und wenigen historischen Fakten formt der Autor ein Textgewebe, worin das Märchenhafte und Phantastische überwiegen; zudem die gemeinsam mit der Seghers empfundene große Zuneigung für und Hinwendung zu einem der ganz großen Dichter der lateinamerikanischen Literatur.

»Cohens Erzählung ist eine spannende und aufschlussreiche Gelegenheit, sich diese in ihren Grundfesten und Grundfragen ganz andere Welt von gestern noch einmal vor Augen zu führen.«
Bernadette Conrad in der Weltwoche

Gestaltung
Thomas Walther, BBK, Dresden

Schrift: Source Serif Variable
Papier: Munken Premium Cream

Satz
Ö GRAFIK, Dresden

Druck und Bindung
CPI, Ulm
Printed in Germany

Aus Gründen des Umweltschutzes
schweißen wir unsere Bücher nicht
mehr ein.

ISBN 978-3-86730-224-1

Dieses und weitere Bücher
finden Sie auch im Internet unter
www.verlagfaberundfaber.de